A Fazenda Do Junior
Um Conto Sobre O Condado de Sardis

por

T. M. Bilderback

Traduzido por

Tânia Nezio

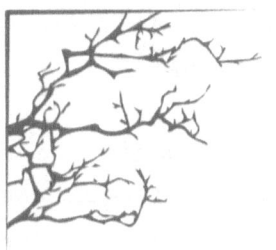

Capítulo 1

KATIE MONTGOMERY OLHOU PARA A CIDADE QUE gradualmente desaparecia no retrovisor do seu carro. Claro que você não vai perder isso, pensou consigo mesma. Não há nada nesta cidade além de ganância, apatia e falsidade. Hora de voltar novamente a ser uma pessoa de verdade.

Após este pensamento, Katie olhou para a filha dela, Carol Grace que estava sentada no banco de passageiro do carro sedan modelo antigo, ouvindo música no fone de ouvido e fingindo uma indiferença que somente uma garota de treze anos consegue demonstrar. A cena na cozinha do seu apartamento quando Katie deu a notícia de que elas estavam se mudando para Perry não tinha sido muito agradável, e Carol Grace teve um "ataque".

"Eu não vou mudar para 'este lugarzinho horrível'!" ela gritou. Eu não tenho amigos lá, e eu simplesmente não quero ser uma maldita fazendeira!"

"Você não entende, minha jovem," respondeu Katie firmemente. "Desde que fui despedida, não podemos mais viver nesta cidade! Graças a Vovó, sou dona de uma pequena fazenda, com todos os pagamentos e impostos quitados e nenhum aluguel a pagar, e nós vamos nos mudar enquanto eu ainda tenho dinheiro para pagar esta mudança.

"OHHHHHH!", disse Carol Grace com desdém, indo para o seu quarto em lágrimas.

Desde então, Carol Grace andava pela casa triste, ajudando na mudança quando necessário, e sempre suspirando muito. Elas quase não se falaram nas duas últimas semanas.

Katie suspirou. Oh, Mark, quem me dera você não tivesse morrido. Eu poderia usar um pouco do seu apoio agora.

O marido de Katie, e pai de Carol Grace, tinha morrido há cinco anos. Aneurisma cerebral. Ele já devia estar morto antes de cair no chão, disseram os médicos. Como se isso fosse fazê-las se sentirem melhor.

Mark tinha seguro de vida da companhia onde tinha trabalhado, mas a apólice era de apenas cem mil dólares. Depois das despesas de cremação, tnha ficado um bom pé de meia. Ela e Carol Grace tinham sido capaz de continuar a viver confortavelmente, sem muito luxo.

Há dois meses, o empregador de Katie, a empresa Kempco, tinha decidido que eles teriam que reduzir alguns empregos por causa da economia, e o trabalho dela tinha sido eliminado. Sem emprego, numa cidade de espírito corporativo, Katie começou a gastar o dinheiro do seguro de Mark e viu que este dinheiro não iria durar muito tempo.

Sua avó, Nebbie Ballantine, deixou para Katie a fazenda que ela e o avô tinham trabalhado duro durante muitos anos. Katie tinha sido criada pelos avós - os pais de Katie morreram num acidente de automóvel quando ela tinha dez anos. O avô, ou Arthur Ballantine, era conhecido na comunidade de Perry e arredores como "Junior", e morreu quando Katie estava no último ano do ensino médio, e, após cinco anos da morte do avô, um pouco antes da morte de Mark, Katie tinha vendido as vacas, as galinhas e os porcos, tinha fechado a casa e voltado para a cidade. A fazenda era conhecida pelos moradores de Perry como a "Fazenda do Junior", e Katie a tinha visitado ocasionalmente nas férias de verão ou durante alguns fins de semana.

A avó faleceu de repente. Katie recebeu um telefonema do Hospital Geral de Perry, e conseguiu falar com a avó por alguns momentos.

"Eu estou indo vovó... por favor, me espera que eu estou chegando!" Katie tinha implorado para a avó esperá-la.

Eu "não posso te prometer, Katie, mas eu vou tentar," a avó respondeu. As palavras saíram com um grande esforço. "Eu tenho algo para te dizer antes..."

Katie nunca descobriu o que a avó tinha para dizer. O ataque de coração foi fulminante, porque o corpo da avó não agüentou tanta pressão.

As férias e escapadinhas de fim-de-semana se tornaram inexistentes após a morte de Mark.

A fazenda tinha seiscentos hectares, com uma casa e sete anexos, incluíndo um barracão para empregados. Ela foi dividida em trezentos hectares de terras cultiváveis, e duzentos setenta e cinco hectares de pastagem e campos para cultivo de feno. Os restantes vinte e cinco hectares da fazenda, continham um barracão, um jardim, um galinheiro, um chiqueiro, uma "garagem" para guardar equipamentos da fazenda, um galpão para ferramentas e um grande celeiro. Katie não tinha voltado na fazenda desde a morte de Mark.

Agora, ela estava feliz por ter ficado com a fazenda e por ter pago os impostos religiosamente. Ela recebeu algumas ofertas para a compra da fazenda, principalmente de grandes conglomerados agrícolas, mas ela não aceitou nenhuma delas. A fazenda seria a sua salvação. Sua...e de Carol Grace.

Katie deu um tapinha na perna da filha para chamar a atenção dela. Carol Grace, levou um susto, deu um pulo, tirou os fones do ouvido e olhou para a mãe.

"O que você acha de comprar um cão?" Katie perguntou.

Carol Grace ficou emocionada. "É mesmo? Um cão de verdade? Ele pode ser meu?"

Katie sorriu. "Bem, seria nosso... mas eu pensei talvez num elefante vestido com um traje de cachorro," ela falou sério. "Você poderia carregá-lo na sua bolsa...claro, um cachorro de verdade!"

Carol Grace sorriu da piada. "De qual raça?"

Katie pensou por um minuto. "Sabe, isso realmente não importa. Qualquer raça que você queira, mas ele tem que ser domesticado e treinado. Vamos morar numa fazenda, então o tamanho não importa. E nós vamos ter muito tempo para gastar com o cachorro, então não vamos nos sentir solitárias. Ele também pode ajudar a proteger as galinhas.

"E as vacas".

Sorrindo, Katie continuou. "E os porcos".

"E as ovelhas."

"E os cavalos."

"E os pingüins."

"E não se esqueça dos cangurus!"

Carol Grace riu. "Wow... não seria interessante ter cangurus?"

"Nós não vamos ter cangurus."

"Que tal uma foca"?

Carol Grace continuou, "e o cão poderia proteger os casulos de mel".

"Que tal termos um cavalo?"

"Hmmm... não seria uma má idéia ter uns dois cavalos, só para andar pela fazenda. Embora a gente precise mesmo é de andar para fazer exercício...," Katie disse pensativamente.

Carol Grace gritou, com os olhos arregalados, "Verdade? Um cavalo, também?"

"Por que não? A fazenda é grande."

"Mãe, você é o máximo!"

Katie sorriu para a filha. "Obrigado, Carol Grace. Ela olhou de soslaio para Carol Grace. "Uh... A fazenda agora não parece tão ruim, não é?"

Carol Grace sorriu torto. "Acho que não, mãe. Só espero poder fazer alguns amigos lá."

"Tenho certeza de que você vai fazer querida."

Katie tinha vendido ou doado a maioria da mobília do apartamento da cidade, porque a mobília da avó estava na fazenda esperando por ela, tal como ela tinha deixado exceto que tudo estava coberto por lençóis e capas contra poeira. Os demais bens foram embalados e colocados num trailer da U-Haul que estava sendo puxado por seu carro.

"Mãe?"

"Sim, querida?"

"Sério, que tipo de animais nós podemos ter na fazenda?"

Katie riu. Minha filha, a amante dos animais. "Bem, com certeza vamos ter galinhas para ovos. Vamos ter uma ou duas vacas para o leite e aposto que podemos achar na Internet uma boa receita de como fazer queijo. Nós vamos ter um cão e um gato e uns dois cavalos. E isso é só para nós. Também teremos o gado na fazenda para pastar e engordar, para depois levarmos para o mercado... mas vai levar alguns anos antes deles estarem prontos. Vamos ter também porcos, para levarmos para o mercado também."

Katie olhou para Carol Grace. "Como assim?"

Carol Grace assentiu com a cabeça como se estivesse chegando a uma conclusão. "Ok, posso viver com isso. Para mim "mercado" será outra fazenda ou algo parecido.

Katie apertou a mão da filha. "Eu costumava fazer a mesma coisa, querida". Katie riu. "A vovó entendia os meus sentimentos sobre isso e era simpática a esses sentimentos". "O vovô, por outro lado, ria de mim, e me fez entender que a razão de criarmos esses animais era para termos comida, é como se fosse uma colheita de milho ou soja."

Ela olhou para Carol Grace. "O segredo é, não desenvolver um apego pessoal com o gado no campo. Ou com os porcos no chiqueiro. Dessa forma você será capaz de separar seus sentimentos deles, esquecer para onde eles estão indo. Isso faz sentido?"

Carol Grace olhou para a mãe dela. "Faz sentido, mas ainda me incomoda."

Katie sorriu. "Ainda me incomoda, também. Mas nós vamos fazer isso!" ela disse com determinação.

Carol Grace sorriu e acenou com a cabeça.

"Que tipo de animais você quer, além dos que falamos?" perguntou a Katie.

Carol Grace olhou para a mãe dela. "Está falando sério?"

Katie acenou com a cabeça.

"Pássaros. Gostaria de ter de todos os tipos de aves, mãe, perus, faisões, pavões, patos... se for um pássaro, adoraria tentar criá-lo e vê-los procriar."

"Vamos ver o que podemos fazer Carol Grace. Mas não vamos trazê-los para dentro de casa! Perus não são animais domésticos!"

Seis horas mais tarde, depois de três paradas para ir ao banheiro, e uma rápida passagem por uma lanchonete para comer um hambúrguer, elas passaram por uma placa que dizia "Bem-vindo ao Condado de Sardis! Onde você faz à mágica!" Logo abaixo, estava escrito, " Um lugar muito bom para morar!" Espero que sim, pensou Katie.

Para Carol Grace, ela disse, "Só 17 km para chegarmos a Perry, querida!"

Carol Grace tentou parecer entusiasmada com a sua resposta. "Ótimo!" Mas ela estava cansada da viagem e pareceu mais desanimada do que feliz.

Mãe e filha ficaram quietas nos 17 km restantes até que viram uma placa que dizia, "Limite da cidade de Perry".

"Aqui estamos", Katie disse simplesmente.

A rodovia tinha pequenas empresas de ambos os lados da rodovia, e elas eram principalmente os lugares que serviam as pessoas de baixa renda. "DESCONTAMOS O SEU CHEQUE – NENHUMA TAXA PARA A PRIMEIRA VEZ", "EMPRÉSTIMOS PARA CARROS", e "COMPRE AQUI – PAGUE DEPOIS!" eram os sinais que enchiam a paisagem. Depois vieram as empresas de aluguel de móveis, várias lojas de tabaco e de loterias, e algumas lavanderias. Do lado esquerdo da rodovia, um varejista conhecido por seus preços abaixo do mercado, várias empresas periféricas e um posto de gasolina com um grande estacionamento.

"Isso é novo, não é, mãe? Não me lembro dessas lojas aqui antes", disse Carol Grace.

Katie balançou a cabeça. "Também não me lembro," ela respondeu.

Misturados com os negócios que elas tinham passado ao longo do caminho, havia vários prédios comerciais vazios, com algumas ervas daninhas crescendo em seus estacionamentos e com placas escritas "Para Alugar" e "Vende-se", penduradas em suas janelas e portas.

"Isso parece ruim," disse Carol Grace. "Faz Perry parecer um pouco... bem, vulgar."

Katie não podia discordar. "Parece muito deserta, não é?" Ela olhou e viu que estava quase sem gasolina. "Nós temos que parar para colocar gasolina e comprar mantimentos. Há um mercado e um pequeno posto de gasolina do outro lado da Praça do Tribunal. Vamos dar uma paradinha lá".

Ao chegarem ao centro, conseguiram localizar todas as empresas que elas conheciam e lembravam. Elas passaram pelo Liceu, e Katie apontou o colégio.

"É onde você vai estudar, Miss Calouro do ano," disse Katie.

"Mamãe!" respondeu Carol Grace.

Katie riu.

Elas passaram o Tribunal do Condado de Sardis e, em seguida pelo Departamento de Polícia de Perry. Katie virou à esquerda. Após uma quadra, Katie entrou no estacionamento do Mercado Mackie, As bombas de gasolina ficavam bem na lateral e Katie começou a abastecer o carro. Ela abriu sua bolsa e pegou seu cartão Visa.

"Quer colocar gasolina para mim?" Katie pediu.

"Claro, mamãe," respondeu Carol Grace. "Quanto?"

Katie sorriu. "Encha o tanque, Carol Grace!" Ela abriu aporta do carro dela. "Quando acabar tranque as portas e entre no mercado. Preciso de ajuda para descobrir a nossa lista de compras."

"Está bem, mãe. Posso comprar bolinhos Debbie?"

"Oh, Carol Grace! Esses bolinhos não têm nenhum valor nutricional!" Ela fez uma pausa e depois disse: "Vamos comprar duas caixas".

As duas estavam rindo quando saíram do carro.

A primeira coisa que Katie percebeu quando entrou no mercado foi a pessoa que estava no caixa. Ela estava certa de que era Phoebe Smalls. Phoebe tinha se formado em Perrry no mesmo ano que Katie, e tinha terminado o colégio como líder de torcida. Katie tinha sido popular. Mas nunca tinha sido considerada para ser uma líder de torcida. Ela sentia que seu caminho era fazer uma Universidade e ser líder de torcida não era a forma para alcançar uma educação...não uma educação acadêmica.

Havia rumores que Phoebe havia engravidado na noite da festa de formatura. As fofocas também diziam que a Phoebe estava desmaiada de tanto álcool que ela havia bebido e não sabia quem era o pai.

O que seguiu para Phoebe, de acordo com as fofocas, foi uma série de relacionamentos fracassados, três filhos de pais diferentes (um dos quais morreu de overdose dentro de um laboratório de metanfetamina) e uma estadia num centro de reabilitação financiada pelo Estado. Phoebe vivia com seus quatro filhos e era ajudada por sua mãe.

Katie não tinha nenhuma má vontade em relação à Phoebe, ainda que Phoebe tenha agido no ensino médio como se ela fosse a chefe de todas as meninas. *Provavelmente ela nem se lembra de mim.*

Katie estava andando pelo corredor do mercado, tentando achar a seção de manteiga, geléia e pasta de amendoim, quando Carol Grace encontrou-a.

"Aqui está o seu cartão e o seu recibo, mãe," disse Carol Grace.

"Obrigado, querida."

"Podemos apanhar manteiga de amendoim natural? Do tipo sem conservantes?"

"Não vejo por que não."

"Que tipo de geléia?"

"Você escolhe querida. Esperemos que em breve nós mesmos possamos fazer a nossa própria geléia.

Carol Grace olhou para a mãe dela. "Sério?"

Katie encolheu os ombros. "Enquanto eu crescia lá na fazenda, nós tinhamos muitas amoras. Tenho certeza que elas ainda estão crescendo lá na fazenda. Nós podemos plantar mirtilos e morangos e alguns pessegueiros."

"Oba!"

Mãe e filha continuaram suas compras, e abasteceram-se de tudo o que elas precisavam. Katie explicou que assim que a fazenda voltasse a ser operacional, as idas para a cidade não seriam tão freqüentes por causa de todo o trabalho envolvido.

Ao se dirigirem para a ala da padaria, acidentalmente Katie esbarrou seu carrinho no de um homem que estava passando pelo corredor.

"Oh, me desculpe," disse Katie. Ela viu que o homem usava um uniforme e tinha o distintivo de xerife fixado na sua camisa. Ela olhou para o rosto dele e viu que o conhecia.

"Você não é Katie Ballantine?" perguntou o homem.

"E você é Billy Napier!" disse Katie alegremente.

Katie e Billy tinham sido bons amigos durante o ensino médio. Billy era da equipe de futebol da escola e Katie foi sua tutora para que ele conseguisse passar de ano. Eles tinham se afastado no último ano, mas Katie ainda considerava Billy um amigo.

Napier sorriu timidamente. "Sou eu, Katie. É bom ver você!"

Katie, sorrindo, disse, "e é bom vê-lo também! Então, você trabalha para o xerife?"

Napier riu. "Katie, eu sou o xerife".

Uau! Você se saiu muito bem! Estou orgulhosa de você, Billy!"

Adotando uma imitação de "caipira", Napier chutou a bota no chão e disse: "Puxa, obrigada, minha senhora."

Katie riu. "Billy, gostaria que conhecesse minha filha.

"Billy Napier, Carol Grace Montgomery."

Napier tirou seu chapéu. "É um prazer conhecê-la senhorita. Se não fosse por sua mãe provavelmente eu estaria cavando valas em algum lugar, em vez do que faço agora.

Carol Grace deu uma risadinha. "Oi".

Napier colocou o chapéu de volta e, em seguida, fez um gesto para o carrinho de compras delas que estava carregado. "Está aqui de férias, Katie?"

Katie balançou a cabeça. "Não, eu e a Carol Grace viemos para morar na fazenda."

"Sério?" Napier sorriu. "Então, Katie Ballantine voltou para casa."

"Agora é Katie Montgomery," ela respondeu melancolicamente. "O pai de Carol Grace...meu marido, Mark... faleceu há cinco anos."

"Desculpe-me".

Katie balançou a cabeça. "Não precisa se desculpar. Eu sinto a fala dele, e
Carol Grace também. Mas, a vida continua. Quando fui despedida, eu decidi
fazer a Fazenda do Junior renascer, talvez esse seja nosso caminho para a fama e
para a fortuna. Ou pelo menos teremos uma vida digna."

"Você vai ter muito trabalho," disse Napier. "Me avise se eu puder ajudar
com alguma coisa. Eu devo a você as aulas que você me deu."

Katie balançou a cabeça. "Você não me deve nada, Billy, mas com certeza
eu te aviso se eu precisar da sua ajuda."

Napier assentiu com a cabeça e, em seguida olhou para Carol Grace. "Isso
vale para você também, minha senhora."

Carol Grace riu novamente. "Obrigado, xerife".

Napier apontou o dedo para Carol Grace. "Você já tem idade para me
chamar pelo meu nome. Meu nome é William. Meu apelido é Billy. E este não
é um privilégio que eu concedo a muitas pessoas da sua idade."

"Obrigada, Billy," disse Carol Grace.

Katie estava sorrindo para sua filha e para seu velho amigo. Obrigada, Billy.
Provavelmente vou te procurar dentro de alguns dias e te oferecer um jantar ...se
conseguirmos chegar na fazenda em ordem."

"E eu com certeza estarei lá, Katie. A gente se vê!"

Napier virou a esquina e foi tratar da sua vida.

Depois que ele se afastou, Carol Grace chegou perto de sua mãe e disse: "Ele
é muito bonito, não é, mãe?"

Katie balançou a cabeça. "Ele era bonito no colégio, também, querida... mas
Billy e eu sabemos que sempre vamos ser apenas amigos."

Carol Grace mexeu a cabeça com um gesto teatral. "Isso é muito ruim..."

Katie parou e agarrou o braço da Carol Grace. "Espera!"

Carol Grace, preocupada, disse, "O quê? O que foi mãe?"

Katie balançou a cabeça como se fosse limpá-la. "Eu estou...Estou tendo...
uma visão!"

Ainda preocupada, Carol Grace disse com entusiasmo, "O quê, mãe?"

Com os olhos fechados, Katie disse, "... vejo minha filha. Ela está lavando
pratos... sozinha... por uma semana! "Katie abriu um olho e deu uma olhadela
na filha, com um sorriso em seus lábios.

"Oh, mãe, pare!" Carol Grace riu novamente, percebendo que a mãe estava
brincando com ela.

"Pratos sujos, muitos pratos sujos," Katie continuou. "Tudo coberto com graxa... e comida queimada ..."

Carol Grace deu uma risadinha, e isso iluminou o coração de Katie.

Talvez isso não seja tão ruim afinal.

No caixa, na hora do pagamento, Katie e Carol Grace descarregaram suas compras. Depois de cada "bip" da caixa registradora, o total apareceu e elas receberam a nota para pagamento.

Como Katie passou seu cartão de débito, ela disse ao caixa, "Olá, Phoebe. Como vai você?"

Phoebe olhou para Katie com os olhos apertados, tentando lembrar quem era Katie. Finalmente ela se lembrou e sorriu. "Katie Ballantine! Como vai você?"

Katie sorriu para Phoebe. "É 'Montgomery' agora, Phoebe, e estou bem. Como vai você?"

"Oh, bem como se pode se esperar, eu acho. É bom te ver! Você está voltando para casa?"

Que, ótimo! Até o anoitecer a cidade toda vai ficar sabendo. Em voz alta, Katie falou.

"Sim, estamos de volta. Vamos colocar a Fazenda do Junior de volta ao trabalho."

"Bem, isso é muito bom!" disse Phoebe. "Boa sorte e venha nos visitar de novo!"

Katie sorriu e saiu do mercado com Carol Grace. Elas levaram o carrinho de compras até o sedan e arrumaram as compras no banco de trás do carro.

Colocando o carrinho de compras de volta no curral do estacionamento, Katie disse para Carol Grace: "Hora de ir para casa!"

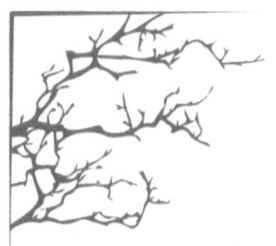

Capítulo 2

KATIE VIROU O CARRO PARA A ENTRADA DA fazenda. A entrada era alinhada em ambos os lados com uma cerca branca e com macieiras uniformemente espaçadas ao longo do caminho. As folhas das árvores tinham começado a crescer, uma vez que era final de março, emprestando um belo efeito para toda a paisagem. Carol Grace olhava com os olhos arregalados para este lindo cenário.

"Isso tudo é nosso?" Carol Grace perguntou incrédula.

"Você não se lembra quando você vinha para cá com o seu pai e eu? Acho que você tinha 8 anos a última vez que viemos," Katie falou. "Mas, sim, é tudo nosso."

Elas passaram por um local onde a cerca estava com defeito. "Nós vamos ter que consertar isso antes do gado chegar."

A passagem abriu-se para uma grande área em frente à casa. Tinha um carvalho gigante no quintal da frente, e uma calçada da varanda da frente até a garagem e a área de estacionamento. Katie parou o carro na frente da calçada. A área de estacionamento era composta de cascalho "rock creek" e de sujeira. Poderia se tornar um pouco enlameado quando viesse a chuva, mas agora toda a área estava seca.

Katie olhou para a casa. Era uma casa de madeira, dois andares, com um alpendre que envolvia toda a casa. A varanda da frente tinha várias cadeiras de balanço confortáveis colocadas ao redor de uma mesa pequena, quadrada.

Canteiros de flores foram plantados em ambos os lados dos degraus da frente.

Oh, meu Deus! Nunca tinha reparado antes, mas parece com a casa da série 'The Waltons'!

"Continuo a perder o fôlego, sempre que eu a vejo", disse Katie.

Carol Grace veio e ficou ao lado de Katie. "Mãe, é tão bonito!"

Katie sorriu e acenou com a cabeça enquanto colocou um braço em volta dos ombros da filha e a abraçou. "É mesmo, querida. Vamos lá, vamos nos certificar de que a eletricidade está funcionando".

Elas caminharam até os degraus da frente. Katie começou a procurar no seu chaveiro a chave da porta principal. Ela achou e destrancou a porta da frente.

A casa tinha cinco salas no térreo. Uma enorme sala de estar, cozinha, sala de jantar, e um outro quarto que podia ser usado como escritório, biblioteca ou um quarto extra. O banheiro do térreo era no corredor, perto da sala de estar. A casa estava completamente mobiliada, e capas contra poeira protegiam cada peça do mobiliário. No andar de cima havia quatro quartos espaçosos e dois banheiros. Era uma casa grande para duas pessoas, mas tinha valido a pena elas terem se mudado...pelo menos era o que Katie achava.

Katie tentou ligar a luz na cozinha. E a cozinha iluminou-se brilhantemente.

"Bem, nós temos o poder," ela comentou. "Vamos checar a geladeira".

Carol Grace abriu a geladeira. "Parece limpa, mãe."

Katie deu uma olhada. "É parece estar limpa, mas não faria mal passarmos uma água."

"Eu vou fazer isso," disse Carol Grace.

"Obrigado, querida. Vou verificar o congelador enquanto você faz isso. Os produtos de limpeza estão debaixo da pia."

Carol Grace caminhou até a pia, e Katie abriu aporta dos fundos, que dava para a varanda. Nesta varanda tinha dois freezers gigantes. Katie abriu os dois – estavam limpos, frios e prontos para receber os alimentos.

Ela voltou para dentro da casa para encontrar Carol Grace limpando o interior da geladeira.

"Vou começar a trazer as compras," disse Katie.

Carol Grace espiou para fora por trás da porta da geladeira. "Eu vou ter terminado a limpeza quando você voltar."

"Ok, querida."

Katie saiu, foi até o carro e apanhou o máximo de sacos que ela conseguia carregar. Enquanto ela caminhava para a porta da frente, sentiu uma sensação de estar no lugar que ela pertencia. E a sensação era tão forte que ela quase começou a chorar.

Na cozinha, Carol Grace disse, "Está tudo limpo e seco. Você quer que eu...Mãe, o que aconteceu? Ela viu as lágrimas nos olhos da mãe.

"Nada, querida. Estou feliz por estar aqui. Sinto que estou em casa. "

Carol Grace abraçou a mãe. "Estou feliz por você, mamãe. Vou tentar fazer o melhor para ser feliz aqui, e talvez eu possa me sentir assim também."

As mulheres Montgomery se abraçaram na cozinha.

APÓS GUARDAR AS COMPRAS, Katie anunciou que o próximo item na agenda era descarregar o trailer da U-Haul. Elas teriam que devolvê-lo no dia seguinte.

"Oh, mãe, estou tão cansada," disse Carol Grace.

"Eu também, querida, mas nós temos que descarregar. Temos várias outras coisas para fazer amanhã e não podemos nos preocupar em descarregar."

Carol Grace gemeu. "Ok, vamos fazê-lo."

Elas abriram o trailer e começaram a tirar seus pertences.

"Mãe, não precisamos colocar tudo no lugar agora, certo?"

Katie pensou por um momento. "Acho que podemos tirar tudo e colocar os objetos nos aposentos adequados."

"Negócio fechado!"

"Procure a caixa com os lençóis, os travesseiros e os cobertores. Vamos precisar desses itens hoje à noite."

"Vou procurar mãe."

Aos poucos, o trailer foi esvaziado. Agora tudo estava dentro de casa, no andar térreo. Katie trancou de novo o trailer, agora vazio, e em seguida olhou para o lado oeste da fazenda. O sol parecia tocar o horizonte. Katie foi até o alpendre. A frente da casa dava para o lado sul, e o sol estava bem do lado da casa, longe da cozinha. A cozinha ficava do lado leste, a fim de capturar o sol da manhã.

"Carol Grace!" Katie chamou. "Pode vir aqui um minuto?"

Katie puxou duas das cadeiras de balanço e as colocou de frente para o por do sol.

"O que é mãe?" perguntou Carol Grace ao chegar ao alpendre.

"Vem sentar aqui comigo um minutinho."

A adolescente sentou-se em uma das cadeiras de balanço. Katie sentou-se na outra.

Katie acenou com a cabeça em direção ao pôr do sol. "Eu sei que estamos com pressa para deixar tudo pronto, para a gente poder ir dormir e para fazer algum tipo de jantar...mas isto só vai levar alguns minutos, olha que lindo."

Carol Grace virou para olhar o pôr do sol. Algumas nuvens pontilhavam o horizonte e o por do sol as tinhas colorido com tons vermelho e roxo. Apareceu um jato através do céu, e o jato piscava ocasionalmente enquanto o sol irradiava seus reflexos. "Uau" sussurrou Carol Grace. "Como é bonito!"

"É muito bonito, não é?"

Mãe e filha ficaram de mãos dadas e assistiram ao pôr do sol juntas até a escuridão abraçar a fazenda.

Elas entraram, e Katie disse, "Vamos lá em cima escolher os nossos quartos.

"Eu quero o que costumava ser o seu quarto mãe." "Lembro-me do assento da janela."

Katie riu. "O quarto é seu querida. Espero que te traga tanta felicidade como trouxe para mim. Foi sempre o meu santuário...era o lugar que eu ia para ficar longe de tudo. Passei um bom tempo da minha vida neste quarto. Eu acho que você vai adorar."

Dentro da sala, Katie e Carol Grace tiraram todas as capas dos móveis. Estava tudo como Katie tinha deixado.

"Você pode colocar tudo como você quiser." Katie disse para a filha. "Só me pergunta antes de jogar alguma coisa fora."

"Claro, mamãe."

Juntas, elas colocaram os lençóis e os cobertores na cama. Carol Grace ligou um despertador e ajustou a hora pelo seu celular. Os números vermelhos brilharam no criado-mudo.

"Ok, querida, eu vou fazer a cama no quarto do outro lado do corredor e então vamos lá para baixo fazer algo leve para a gente comer, e que nos sustente até amanhã de manhã."

Katie cruzou o corredor para o quarto principal. O quarto ficava do lado leste, então era banhado pela luz da manhã. Era o quarto do avô...mais tarde passou a ser o quarto dela e de Mark quando eles passavam férias na fazenda. Ela tirou as cobertas de pó e, em seguida fez a cama. Ela também tinha um despertador que acertou pelo seu celular. Katie colocou o despertador na sua mesinha de cabeceira. Ela deixou o quarto e bateu na porta do quarto de Carol Grace.

"Pronta para comer, querida?"

Carol Grace não respondeu.

Katie olhou pela porta aberta. Carol Grace estava dormindo. A adolescente tinha tirado os sapatos e tinha adormecido.

Katie sorriu e entrou no quarto para desligar a luz. Ela fechou a porta atrás dela e desceu as escadas para comer um lanche.

NA MANHÃ SEGUINTE, KATIE ACORDOU COM O SOL ENTRANDO pela fresta da janela entre as cortinas e com o cheiro de café entrando pelo quarto dela. Ela sorriu, vendo que Carol Grace tinha acordado antes dela e já tinha começado a preparar o café da manhã.

O quarto principal tinha seu próprio banheiro, e Katie tomou um longo banho quente. Ela deixou a água bater em seus ombros a fim de liberar um pouco a tensão que se formou após os acontecimentos das últimas semanas.

Quando Katie terminou sua rotina matinal, ela desceu vestida com jeans e uma camisa de flanela vermelha. Na cozinha Carol Grace tinha feito ovos mexidos com queijo cheddar. A geléia e a manteiga compradas no dia anterior estavam sobre a mesa. Carol Grace já tinha definido os dois lugares e esperava impacientemente a mãe.

"Finalmente!" disse Carol Grace, assim que a mãe entrou na cozinha.

"Uau! Olha que luxo!" Kate tinha colocado as mãos nos quadris e começou a inspecionar o café que sua filha tinha trabalhado duro para fazer. "Coma com vontade, Carol Grace Montgomery, porque eu prometo que temos muito trabalho para fazer até a hora do almoço."

"Qual é a ordem do dia, mãe?"

Katie mordeu os ovos mexidos e, em seguida, revirou os olhos com prazer. "Mmm... estão deliciosos, querida!" Ela espalhou manteiga e geléia em uma fatia de torrada. "Bem, em primeiro lugar temos que devolver o trailer. Em segundo lugar vamos à escola para te inscrever. Temos todos os registros da sua antiga escola, então não deve demorar. Antes que você diga algo, vou deixar que você só comece as aulas amanhã. Depois vamos verificar o celeiro e as outras dependências e ver o que é preciso ser consertado. Com sorte, não vai ter muito coisa para ser reparada... a não ser aquele pedaço de cerca que vimos ontem. "Também preciso te mostrar o porão...é um lugar secreto."

Isso chamou a atenção da filha dela. "Secreto? Qual é o segredo?" perguntou Carol Grace.

Katie riu. "Tudo na hora certa, Carol Grace. Você tem idade suficiente para saber sobre este segredo, sem contar para outras pessoas. Você vai saber sobre ele hoje de noite."!

"Ah. Mamãe!!"

ELAS DEVOLVERAM O TRAILER sem problemas.

Quando chegaram ao estacionamento do Colégio Perry, Katie virou-se para Carol Grace e perguntou: "Nervosa?"

Carol Grace abanou a cabeça. "Não, não estou."

Katie sorriu. "Bom. Vamos fazer sua matrícula."

Elas saíram do carro e entraram pela porta da frente. O escritório ficava a direita e elas entraram. Entraram e falaram com uma senhora que estava sentada em uma das três mesas.

"Olá. Eu sou Katie Montgmery. Estou aqui para fazer a transferência de escola da minha filha."

A senhora as olhou. "Vou atendê-las em um minuto. Por favor, sentem-se."

Katie olhou para a filha dela e piscou. Carol Grace sorriu. As duas se sentaram.

"Mãe, nós temos o que precisamos para consertar a cerca?" perguntou Carol Grace.

"Provavelmente. Pelo menos, temos madeira, parafusos e chave de fenda. Por outro lado, se precisarmos pintar a cerca vamos ter que comprar tinta e pincel."

"Agora eu estou realmente animada sobre a fazenda."

Katie sorriu. "Fico feliz, querida. É hora de voltar ao trabalho na Fazenda do Junior."

A moça do balcão falou "Fazenda do Junior?"

Katie balançou a cabeça. "É isso mesmo. Minha filha e eu vamos fazê-la de novo uma fazenda produtiva."

"Então, você é Katie Ballantine."

Eu era. "Agora meu sobrenome é Montgomery."

"Oh, eu entendi. E o que pensa o Sr. Montgomery de se tornar um fazendeiro?"

"O Sr. Montgomery faleceu há cinco anos."

"Oh. Eu sinto muito. Eu não sabia."

"Tudo bem...Me desculpe, eu não sei seu nome."

A senhora sorriu. "Meu nome é Rhonda Latimer. Eu comecei a trabalhar aqui um ano após a sua formatura. É claro, que ouvi falar de você... e de seus avôs. Eles eram muito respeitados aqui no Condado de Sardis."

Katie concordou com a cabeça. "Sim, eles eram, Sra. Latimer. A senhora é de Perry?"

Latimer abanou a cabeça. "Não, sou de Londres."

Londres era basicamente um buraco na estrada, uma pequena cidade na fronteira sul do Condado. Foi incorporada, mas partilhava as instalações de água e esgoto com Perry, se os moradores fizessem essa opção. A única coisa que Londres tinha a seu favor era sua proximidade com a parte leste/oeste da via interestadual que passa bem na fronteira entre o Condado de Sardis e do Condado sul.

Latimer disse, "Venham até aqui, e vamos ver se conseguimos matricular essa garota."

As Montgomerys foram se sentar na frente da mesa de Latimer. A Sra Latimer pegou uma pasta que estava na mesa e, em seguida, olhou para Carol Grace por cima dos óculos.

"Você é Carol Grace Montgomery?" Latimer perguntou.

Carol Grace assentiu com a cabeça. "Sim, senhora."

Latimer sorriu amistosamente. "Bem. Polidez. Não é algo fácil de ver hoje em dia. "Ela olhou para a pasta. Vejo que você é caloura."

"Sim, senhora."

Latimer viu os cursos que Carol Grace tinha feito na cidade. "Tudo parece bem. Temos os mesmos cursos, e eles devem estar no mesmo nível de aula de quando você deixou a escola da cidade. Não vejo nenhum problema."

Katie disse, "Oh, isso é ótimo! Tive tanto medo que ela tivesse que repetir alguma matéria que ela já tivesse estudado."

Latimer sorriu. "Ela está com as matérias em dia. Vamos fazer a matrícula." Perguntou para a Katie: "Ela vai começar amanhã?"

Katie concordou com a cabeça.

"E ela vai usar o ônibus da escola?"

"Se possível, sim."

"Eu vou pedir a motorista para te ligar à noite. Ela vai avisar a que horas vai buscar Katie pela manhã."

"Isso é muito gentil. Obrigada."

Latimer sorriu. "Não é nenhum problema. Vou preencher essa papelada. Vai levar apenas alguns minutos."

Katie sorriu, e quando Latimer desviou o olhar para preencher os papéis, Katie olhou com os olhos vesgos para Carol Grace. Quando ela riu, Katie olhou para o outro lado...um pouco antes da Sra Latimer olhar para Carol Grace para ver o que ela estava achando engraçado.

Um homem veio até o escritório, e Latimer olhou e sorriu.

"Bom dia, Sr. Hendrix," disse Latimer.

"Bom dia, Sra. Latimer," respondeu Hendrix. Ele olhou em direção a Carol Grace e Katie. "Nova aluna"?

"Sim, ela é. O nome dela é Carol Grace Montgomery. Ela vai estudar história americana com você...quarto período."

Hendrix sorriu. "Isso é ótimo! Suponho que você está sendo transferida?"

"Sim, senhor," respondeu Carol Grace.

"Uau! Boas maneiras! Talvez você precise dar umas aulas por aqui...alguns desses garotos não têm nenhuma educação.!"disse Hendrix.

Carol Grace deu uma risadinha.

"E esta é sua mãe?" perguntou o Hendrix.

"Sim, senhor."

Katie levantou-se e estendeu a mão. "Oi. Eu sou Katie Montgomery."

"Ela era Katie Ballantine," interrompeu Latimer.

"Katie Ballantine! É um prazer conhecê-la!", disse Hendrix, enquanto apertava a mão dela. Eu tive o prazer de conhecer... bem, acho que era sua avó...Nebbie, acho que esse era o nome dela?"

Katie sorriu. "É minha avó."

"Mulher maravilhosa! Todos os anos ela fazia doações para o meu projeto de estudos sociais!"

"Eu ouvi falar do seu projeto, Mr Hendrix, e acredito totalmente nele. Eu faria uma doação este ano, mas Carol Grace e eu temos que fazer reparos na fazenda primeiro. Eu preciso fazer algum dinheiro antes de poder ajudar."

Hendrix sorriu. "Eu entendo. Foi um prazer conhecê-la! E estou ansioso para tê-la na minha classe, Carol Grace."

"Obrigada, senhor."

Hendrix perguntou para Latimer. "Você viu Timothy George hoje?"

Latimer abanou a cabeça. "Não, não vi".

"Acho que ele hoje faltou à escola novamente. Ele não está na lista de ausentes, mas não está na sala de aula também."

"Vou informar ao Sr. Wallace".

"Obrigado," Hendrix agradeceu Latimer. Para Katie e Carol Grace ele falou: "Tenham um bom dia, senhoras."

"Mr Wallace é o Diretor aqui da escola," Latimer falou para Katie.

"Bom saber", respondeu Katie.

DEPOIS QUE CAROL GRACE recebeu uma cópia dos horários de suas aulas e das reuniões, Latimer informou onde ficava a sua sala. Katie pagou o almoço de Carol Grace até o final do ano letivo, pegou o recibo, e agradeceu a Latimer por sua ajuda.

A caminho para o carro, Carol Grace perguntou para sua mãe, "por que você fez careta para mim, mãe? Não gosta daquela senhora?"

Katie sorriu. "Eu tinha ouvido sobre ela numa das férias que passamos aqui. Me disseram que ela era de Londres e eu achei que não fazia mal nenhum eu brincar com você." Ela deu de ombros. Eu senti uma vibração de que ela se sente superior. E ela parece... Ah, eu não sei...tipo...uma predadora. "Ela franziu a testa. "Sabe quando às vezes a gente sente antipatia imediata por alguém e não sabe por quê?" Foi assim."

` Carol Grace assentiu com a cabeça enquanto elas iam para o carro. "Eu sei. Não gostei muito dela, também. Eu não direi nem uma palavra a ninguém, mãe."

Katie sorriu para a filha dela enquanto abriam as portas do carro. "Você leu a minha mente, querida."

A conversa continuou depois que elas entraram no carro. "Para onde agora, mãe?"

"Agora, vamos à loja de ferragens que fica na praça para comprar um pouco de tinta branca e uma placa para a cerca, e depois podemos voltar para casa. Talvez tenhamos tempo de consertar a cerca antes do almoço."

"Ótimo. Que tal depois do almoço? Eu vou poder aprender o 'segredo', então?"

Katie riu. "Provavelmente. Precisamos ter certeza de que a adega está pronta e limpa. Nós armazenamos comida lá, no final do verão."

Carol Grace sorriu. "Que tipo de comida, mãe? Comida de gato?"

Katie continuou com a piada da filha dela e falou. "E comida de cachorro."

"E comida de cavalo."

"E comida de vaca."

Elas pararam em uma vaga no estacionamento da loja de ferragens, na Praça do Tribunal. Elas saíram do carro e entraram na loja rindo ao ver os alimentos para animais que estavam expostos.

Ao entrarem o sino da porta tocou. Um senhor idoso saiu por trás de uma cortina e caminhou na direção delas.

"Posso ajudar as senhoras?", perguntou o homem idoso.

Katie sorriu em reconhecimento. "Olá, senhor Knight. Como vai?"

Ele piscou para Katie. "Me desculpe, eu te conheço?"

"Eu sou Katie Montgomery. Sou neta do Junior Ballantine".

Knight sorriu. "Katie! Você costumava vir aqui para brincar na seção de brinquedos lá em baixo. Ele riu vivamente. "Eu me lembro que eu estocava barras de chocolate Baby Ruth só para você! Como vai?"

"Katie riu ao se lembrar. "Estou bem, e gostaria que o senhor voltasse a estocar o chocolate Baby Ruth novamente. Minha filha é viciada nele também. Ela apontou para Carol Grace. "Senhor Knight, esta é Carol Grace, minha filha."

Knight estendeu a mão para Carol Grace. "É um prazer, Carol Grace! Eu estou nesse negócio por quase cinqüenta anos dos meus setenta e cinco anos nesta terra, mas ninguém nunca conseguiu iluminar um dia para mim como a sua mãe! Ele inclinou-se perto de Carol Grace, e sussurrou, "ela costumava descer para a nossa seção de brinquedos e brincar com tudo o que via, e fazia isso quase todos os sábados."

Carol Grace deu uma risadinha. "É um prazer conhecê-lo, Sr Knight. Se o senhor puder manter o estoque de chocolate Baby Ruth, eu prometo que eu vou vir aqui sempre que a mamãe puder me trazer!"

Knight falou para ela. "Negócio feito!" A Katie ele perguntou: "o que um velho pode fazer para você hoje. Katie?"

Katie explicou sobre seus planos para a Fazenda do Junior, e os olhos do homem brilharam de prazer.

"Bem, eu estou feliz em saber que a fazenda está voltando à vida." "Ele inclinou-se perto de Katie. "Agora mocinha você tem que me prometer que você vai comprar seus suprimentos de mim e não daquela loja grande que fica na estrada."

Katie sorriu. "Senhor Knight, não tenho planos para fazer compras lá. Eu prefiro pagar alguns centavos a mais por algo que eu preciso para manter o dinheiro longe daquele bando de gananciosos. Uma empresa como a deles me demitiu na cidade, e agora não tenho muito simpatia por corporações. Além disso, prefiro ajudar as pessoas que conheci toda a minha vida, a manter seus negócios."

"É verdade, Katie," respondeu Knight. "E eu garanto a você que eles não vão segurar uma conta para você, se você precisar. Eu ainda dou prazo para pagamentos aqui. Um cortador de grama é uma despesa grande para muita gente, então eu faço o que puder para ajudar. Agora, que cor de tinta você precisa para pintar a cerca?"

"Branco, por favor."

"Pregos ou parafusos?"

"Parafusos. Eles seguram melhor."

O homem foi em direção às tintas e, em seguida, parou. "Você tem uma boa chave de fenda, Katie? Ou duas?"

Katie sorriu. "Sim, eu tenho, senhor Knight."

Knight assentiu com a cabeça. "Somente checando." Ele voltou para as tintas e puxou um galão da prateleira. Pegou pincel e parafusos de três polegadas no caminho de volta e colocou tudo no balcão.

Knight olhou curiosamente para ela por um momento, e começou a rir. "Eu não acredito! Ninguém me fez rir assim desde que a sua avó morreu!" O velho coçou seu estomago. "Oh, Katie... você me traz boas lembranças. Obrigado."

Katie e Carol Grace riram junto com o Sr Knight.

O Sr Knight totalizou as compras de Katie e se dirigiu de volta para trás do balcão.

Quando ela e Carol Grace foram para a parte de trás da loja, Knight estava esperando-as com a madeira para a cerca.

Não ia caber no sedan.

Os três tentaram arrumar, mas a madeira não cabia no carro.

"Dizer o quê, Katie,", disse Knight. "Se você puder esperar algumas horas, coloco na minha caminhonete e levo para você, quando eu fechar a loja para o almoço."

"Oh, Sr Knight, isso seria maravilhoso!"

Knight sorriu. "Não me importo nem um pouco. Me dá uma razão para eu visitar o lugar."

"Então nós vamos esperar por você." disse Katie.

Katie e Carol Grace voltaram para o carro para irem para casa. Elas acenaram para Knight, ele acenou de volta, dando um sorriso enorme para as duas.

"Ele é realmente um homem bom, mãe," disse Carol Grace.

"Sim, ele é. Ele sempre foi assim. Ele viaja algumas milhas extras para seus clientes, porque eles são seus vizinhos, também. Boa lição para você aprender."

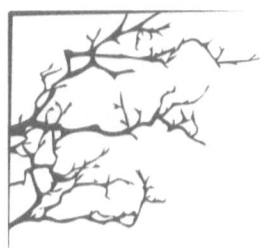

Capítulo 3

NA CIDADE QUE KATIE E CAROL GRACE tinham abandonado, um homem chamado Alan Blake apostou mil dólares no jogo de poker. Ele estava segurando quatro setes, e sentiu-se confiante que esta era a mão vencedora.

O jogo tinha se tornado um duelo entre Alan e o homem do outro lado da mesa.

O homem do outro do outro lado da mesa era Moses Turley. Ele era um traficante e jogador profissional para uma família criminosa chamada Giambini.

Alan Blake era um policial infiltrado, e estava determinado a por um fim nos jogos ilegais que aconteciam na cidade, sob as ordens diretas do novo prefeito Morris McIllwain.

Alan viu dois grandes defeitos sobre Turley.

O homem roubava. E ele não perdoava quando alguém o vencia no poker. Alguns jogadores que o venceram apareceram boiando na baía, com as mãos cuidadosamente colocadas nos bolsos e com um tiro de uma pistola quarenta cinco na cabeça.

Alto, magro e careca, com dedos longos, delgados, Turley sempre usava um chapéu de "crupiê" – com uma nota de plástico verde. Seu trabalho era ganhar o máximo de dinheiro a fim de ajudar a família Giambini a recuperar algumas de suas riquezas, depois de uma grande perda num jogo recente. A família tinha perdido quase cada centavo que tinha em uma única aposta numa luta de boxe no Campeonato Mundial.

Com o monitoramento do FBI, do outro lado da rua do edifício principal dos Giambini e a renovada pressão do departamento de polícia parcialmente corrupto da cidade, as coisas estavam ficando quentes para os Giambinis. Eles estavam fazendo escolhas desesperadas em suas relações de negócios. Como matar jogadores vencedores.

O jogo de hoje estava ocorrendo na área de escritório de um armazém desativado. Era escuro e sujo, mantido pelos Giambini para fins diversos. Seis pessoas estavam jogando poker, incluíndo o parceiro de Alan, James Winstead.

Além de Turly, tinham quatro pessoas da família Giambini no escritório, fazendo com que o jogo fosse privativo.

Alan podia ouvir um celular tocar fora da área do escritório, quando Turley sorriu com a posta de mil dólares de Alan.

Winstead estava de pé no bar improvisado atrás de Turley. Ele entendeu o olhar de Alan e abriu os próprios olhos, perguntando em silêncio: "O que você está fazendo?"

"Vou ligar e levantar cinco mil."

Alan, ainda confiante nas cartas que tinha nas mãos, aceitou a aposta de Turley, quando a porta abriu e um dos guardas entrou. Ele caminhou até Turley e falou no ouvido dele, ficando de costas para Alan. O homem sussurrou algo no ouvido de Turley, e em seguida, se afastou. Turley olhou para o homem e, acenou com a cabeça.

Alan começou a sentir que algo estava errado.

O guarda ficou, tirou uma arma do coldre e deu um tiro em Winstead.

O reflexo de Adam era um dos melhores da força policial. Ele tirou seu revolver que estava escondido no tornozelo e deu um tiro na cabeça do gorila que trabalhava para os Giambini. Alan levantou e colocou o cano da sua arma contra a testa de Turley antes que este pudesse ter qualquer reação.

Turley, você está preso. Agora vou ler os seus direitos: você tem o direito de dizer para aqueles outros três capangas entrarem e largarem as armas, ou eu vou estourar a sua cabeça. Vou contar até três. Um. Dois. Tr..."

Um olhar de ódio apareceu no rosto de Turley, enquanto ele chamava os três homens que trabalhavam para os Giambini. "Vocês três venham aqui agora!"

Atrás de Turley ouviu-se som de passos.

Winstead sacou sua arma e esperou os três homens entrarem.

Alan estendeu a mão e pegou as cartas da mão de Turley e as espalhou sobre a mesa.

Quatro dez.

Alan olhou lentamente para Turley. "Seu traidor filho da puta,"

Turley encolheu os ombros ligeiramente. "Ei, se eu não fizer isso, Mickey Giambini já teria matado metade da cidade, até agora.

Alan usou sua mão esquerda para pegar seu celular. Ele pediu reforços.

KATIE E CAROL GRACE FORAM para a cama na sua primeira noite na casa da fazenda.

ALAN E WINSTEAD FICHARAM Turley e os três capangas por tentativa de homicídio. Os outros quatro homens que estavam jogando poker também foram detidos e foram colocados em prisão preventiva como testemunhas.

Depois de toda a papelada ter sido preenchida, o Tenente os puxou de lado.

"Excelente trabalho, senhores," disse o Tenente. "Mas, tenho que avisar aos dois: os Giambini não vão deixar isso barato. Vocês receberam as ordens de pessoas lá de cima. O próprio prefeito ordenou que vocês fiquem de férias até que este caso vá para o tribunal, e ninguém deve saber onde vocês estão. Vocês vão ligar de vez em quando para mim ou para o Capitão a fim de saber quando vocês vão ter que aparecer no tribunal, e as perguntas do Promotor virão através de nós. Usem um celular pré-pago, barato, para nos telefonar e o joguem fora logo após as ligações. Se a promotoria insistir que será necessário algum tipo de conferência de vocês com eles, via internet ou algo assim, vai ter que ser num local privado, que não possa ser rastreado, e ninguém vai poder saber onde vocês estão. Vocês devem ficar vivo, senhores...esses caras precisam ir embora e não irão se vocês não continuarem vivos para depor."

Sem mais nada para dizer, Alan e Winstead foram para o estacionamento. Eles se deram um aperto de mão e se separaram indo para direções diferentes.

Alan não parou no apartamento dele. Ele deixou as roupas que costumava usar, imaginando que poderia comprar outras assim que chegasse ao seu destino.

Alan Blake se dirigiu para o Condado de Sardis. O melhor amigo dele iria encontrar um lugar para escondê-lo. Afinal, Alan tinha sido zagueiro dos "Dragões", o time da Escola Perry. Seu melhor amigo que jogava como receiver ainda, morava na cidade e poderia manter a boca fechada e ao mesmo tempo ajudar Alan a desaparecer.

É para isso que servem os amigos, ele pensou, com um ligeiro sorriso em seu rosto. Billy vai realmente ficar surpreso ao me ver!

KATIE E CAROL GRACE desceram as escadas do porão. As luzes, felizmente, ainda funcionavam e brilhou numa intensidade de 100 watts. A avó jamais permitiria uma lâmpada de 60 watts na adega. Ela queria ser capaz de enxergar tudo muito bem.

Na parte inferior da escadaria de madeira, a adega se transformou em um quarto enorme, cinqüenta por vinte e cinco pés. Cada parede era forrada com prateleiras bem construídas, cada uma fixada cuidadosamente nos blocos de cimento que compunham as paredes da sala de armazenamento subterrâneo.

Carol Grace olhou ao redor da sala, com os olhos arregalados. Ela nunca tinha ido à adega antes e Katie não tinha tido razão de visitar o aposento desde a morte da avó.

"Uau, mãe! Este lugar é ótimo! É enorme!"

Katie sorriu. "Sim, ele é. Agora imagine todas estas prateleiras cheias até a borda com geléia e conservas. A vovó as mantinha desta maneira e é assim que eu espero que você e eu possamos mantê-las também."

"Nossa, seria um monte de potes."

"Esta fazenda pode crescer e nós podemos armazenar todos os produtos que forem cultivados. Aqui no porão fica naturalmente fresco durante todo o ano, para que o alimento dure mais tempo."

Olhando ao redor, Carol Grace disse, "Mãe, não seria melhor manter os dois freezers aqui?"

"É algo para se pensar, mas agora, nós mesmas não podemos movê-los. Essa é uma etapa para depois porque é muito difícil trazer um freezer de cinqüenta quilos aqui para baixo."

"Oh. Eu acho que você está certa." Carol Grace olhou novamente ao redor. "Então esse é o grande "segredo", mãe?"

Katie sorriu. "Não, esse não é o grande segredo." Ela andou até um conjunto de prateleiras na parede que ficava mais distante da porta. "Vem aqui, querida."

Carol Grace caminhou até a mãe dela.

"Muito bem", disse Katie. "Este vai ser nosso segredo. Só nos vamos saber. Promete?"

"Eu prometo mamãe!"

Katie passou sua mão sob a terceira prateleira do fundo. "Me dê a sua mão."

Carol Grace chegou perto da prateleira, e Katie pegou o dedo indicador da sua filha. Ela guiou o dedo de Carol Grace para um parafuso grande que aparentemente ajudava a fixar a prateleira na parede. Mas eram dois parafusos, lado a lado. "Sentiu os dois?" Katie perguntou?.

Carol Grace assentiu com a cabeça.

"Empurre o segundo parafuso."

Carol Grace, com um olhar curioso, pressionou o segundo parafuso. A prateleira fez um barulho como se uma trava deslizasse. Carol Grace deu um pulo para trás, assustada, quando viu que a parede deslizou para o lado.

Apareceu um túnel, muito longo para que as luzes da adega pudessem penetrar.

"Quando eu era uma garotinha, de vez em quando o vovô costumava aparecer para ver o que eu estava fazendo. Isso na verdade não era incomum. Mas ocasionalmente, o vovô aparecia no celeiro ou no

galinheiro, quando eu sabia com certeza que ele estava longe de ser visto do lado de fora. "Ela acenou com a mão em direção ao túnel. "Era assim que ele fazia isso."

Carol Grace entrou, olhando ao redor. Ela viu dois interruptores de ligar/ desligar dentro do túnel na parede do lado esquerdo. No interruptor que ficava do lado esquerdo estava escrito "luzes" e no do lado direito "porta". Alguns metros após a abertura do túnel, as paredes abruptamente se transformavam de cimento para sujeira. "Até onde vai este túnel, mãe?"

Katie riu. "Por toda a fazenda. Há entradas ocultas em todas as dependências principais da casa e também algumas entradas por todo o campo. As entradas ao longo do campo são disfarçadas parecendo rochas. Os das dependências têm palha e sacos de ração, para esconder as entradas. O vovô descobriu que os túneis foram originalmente escavados durante a proibição de álcool nos Estados Unidos. Esta propriedade pertencia a um gangster. O vovô reforçou os túneis para que ele pudesse ir de um lado para o outro quando estivesse chovendo. Dessa forma, ele não se molhava e nunca tinha lama nas suas botas. É também um ótimo lugar para se ficar protegido durante as grandes tempestades.

Carol Grace estava admirada. "Uau". Em seguida um olhar animado veio na face dela. Podemos explorar o túnel?"

Katie riu. "Hoje não, querida. Temos que esperar o Sr. Knight. Ele vai chegar em breve e temos que consertar a cerca. Amanhã quando você voltar da escola, a gente pode explorar... e eu vou te mostrar cada entrada e como tudo funciona."

"Oh, vai ser difícil esperar!"

O SR KNIGHT FOI FIEL à sua palavra, chegou às dez horas em ponto. Katie e Carol esperavam por ele na parte da cerca que precisava ser consertada. Mãe e filha tinham achado duas chaves de fenda da marca Philips, uma furadeira, dois pincéis e um martelo.

Examinando o trilho quebrado da cerca, o Sr Knight fez uma observação: "É bem aqui onde está o seu problema. Parece que algo foi sugado e quebrou o trilho em dois. Eu acredito que isto aconteceu a um ano baseado no desgaste das arestas que estão quebradas.

Quem faria isso?", perguntou Carol Grace.

"Deve ter acontecido quando um grande conglomerado agrícola tentou comprar a fazenda de mim." Respondeu Katie. "Você se lembra, Carol Grace?"

Carol Grace deu uma risadinha. Para o senhor Knight ela disse, "Eu me lembro da pessoa que foi falar com a mamãe. Ele era muito rude e muito insistente. A mamãe disse ao homem que ele podia deixar o nosso apartamento da maneira como ele entrou. Ele deixou o apartamento rapidamente quando minha mãe pegou seu martelo de madeira do armário."

O Sr Knight assentiu com a cabeça. "Provavelmente eles queriam ver se valia à pena comprar a fazenda. Porém, não posso provar nada. Muito bem, então.

Carol Grace pode pegar uma extremidade da placa e eu vou pegar a outra. Vamos deixar a sua mãe colocar os parafusos enquanto estamos segurando. Vai ser muito mais rápido se eu ajudar."

Katie removeu a placa velha quebrada e, colocou os parafusos na placa que o Sr Knight e Carol Grace estavam segurando, e a placa foi rapidamente anexada aos postes.

"Agora você vai ter que fazer sozinha a pintura Katie, disse Knight. "Eu ainda tenho que comer um lanche e voltar para a loja."

"Tem certeza que não quer nada, senhor Knight? Sinto muito que o senhor tenha vindo até aqui."

Knight balançou a cabeça ao voltar para o seu caminhão. "Pare com isso, Katie. Você me ajuda quando eu precisar e ficaremos quites. Ok?"

"Temos um acordo, senhor Knight. Obrigada."

"Tchau, meninas. Até breve, porque os chocolates Baby Ruths estarão na loja neste sábado."

Knight entrou no seu caminhão e saiu.

Katie abriu a lata de tinta e pegou um pau para mexê-la. Enquanto mexia, ela contou para Carol Grace, "se a gente pintar apenas um lado da tábua não vai ficar bom. Temos que pintar os dois lados."

Carol Grace deu de ombros. "Está bem".

Katie viu que a tinta já estava bem misturada. Ela e Carol Grace pintaram a cerca dos dois lados. Então pararam para admirar seu trabalho.

"Hmmm. O resto da cerca ficou desbotado," disse Katie.

"Mãe, é impossível conseguirmos pintar a cerca toda hoje!"

Katie sorriu. "Eu sei querida. Mas vamos ter que viver com isso."

Eles arrumaram os objetos e voltaram para casa a pé.

"Vamos lá, minha filha. Hora de ver as demais dependências da fazenda...temos que ter a certeza de que não estão caindo."

Katie liderou o caminho. O celeiro foi o primeiro lugar que elas foram. Era um edifício de bom tamanho, com portas que se fechavam elegantemente.

Dentro, as paredes subiam bem acima de suas cabeças, num grande sótão. Duas escadas levavam para o apartamento e tinha vários fardos de feno armazenados lá.

Carol Grace podia ouvir um pouco de feno farfalhar. "Que barulho é esse, mãe?"

"Talvez esquilos, talvez ratos... não sei dizer apenas ouvindo este barulho."

"Ratos?" a garota disse ansiosamente.

Katie riu. "Sim, ratos. Toda fazenda possui ratos, querida. A única cura é colocar um casal de gatos no celeiro. Às vezes nem isso é suficiente. Vamos voltar lá para baixo."

O celeiro tinha seis baias. Katie foi para o último à direita. Ela apontou para o canto atrás da barraca. "Vê aqueles sacos de ração"?

Carol Grace assentiu com a cabeça.

"Essa é a abertura do túnel. Há um identificador debaixo dos sacos que você pode levantar e assim aparece a escotilha. Se você tem um cavalo ou uma vaca leiteira aqui, você tem que ter cuidado para não assustá-los, ou eles podem te chutar. Você não quer receber um coice de um cavalo. Isso pode te matar se o animal te chutar no lugar certo."

A porta traseira do celeiro abria para uma vista panorâmica da pastagem. Um pouco de palha tinha crescido e manchas verdes apareciam nos duzentos acres do campo.

"Uau', disse Carol Grace, com a voz trêmula. "Mãe é lindo!"

Katie sorriu. "É sim, Carol Grace". Ela olhou para o campo por um momento, e então disse, "um par de cabras, algum gado, alguns cavalos uma ceifadeira e colocamos este pasto em forma."

"Cabras?" disse Carol Grace com entusiasmo. "Sério?"

"Claro, querida, por que não? Leite de cabra é muito gostoso, e claro é bom para você. Vamos ver o galpão de ferramentas. Ele está ligado ao celeiro."

Caminharam para o galpão de ferramentas e abriram a porta. Algumas das ferramentas estavam ficando enferrujadas porque estavam expostas no galpão há muito tempo.

"Talvez nós sejamos capazes de salvar a maioria delas. O vovô costumava passar óleo de arma nelas para tirar a ferrugem. Vamos tentar fazer isso e ver o que acontece. Depois vamos amolar para que elas fiquem bem afiadas. O vovô as mantinha afiadas o suficiente para fazer a barba com elas."

Katie trancou o galpão, e elas foram para o galinheiro. Katie achou que a construção ainda era resistente, com trinta caixas de assentamento e um monte de espaço para as galinhas chocarem seus ovos. Os poleiros estavam intactos. Nada impedia que elas começassem a criar galinhas imediatamente. Isso melhorou o humor das duas, mãe e filha.

"Podemos ter galinhas ainda hoje, mãe? Podemos?"

"Temos que ter palha nova para elas, Carol Grace. Temos feno no celeiro, mas não temos palha. O feno pode ser velho porque serve como forragem para os cavalos e para o gado. Nem sabemos onde encontrar galinhas. Eu sinto muito, querida...temos que esperar alguns dias. Mas hoje de tarde podemos ir a Cooperativa dos Agricultores e pedir para eles nos entregarem alguns fardos de palha, se eles tiverem. Nós também podemos comprar algo para aquecer os filhotes enquanto eles crescem. Provavelmente eles vão saber quem tem galinhas e outros animais de fazenda para vender Primeiro vamos verificar os chiqueiros e nos certificar de que estão em boa forma, E o equipamento na garagem. Eu preciso ter a certeza de que o trator e a colheitadeira ainda estão funcionando."

ALAN PASSOU A LINHA DO CONDADO E VIU a placa que dizia, "Bem-vindo ao Condado de Sardis – onde você faz à mágica!"

Dezesseis quilômetros para chegar. Espero que o Billy esteja no escritório do xerife.

O XERIFE BILLY NAPIER NÃO ESTAVA NO ESCRITÓRIO. Ele estava na Cooperativa dos Agricultores, comprando comida de cão. Quando ele jogou os 50 sacos de comida na parte detrás da sua caminhonete, ele viu o sedan de Katie entrar no estacionamento. Sorrindo ele caminhou até o carro e abriu a porta para ela.

"Obrigada, senhor," disse Katie, saindo do carro.

"Oi, Katie. Oi, Carol Grace," ele disse. "Como vai a fazenda?"

Katie tomou uma respiração profunda. "Por enquanto esmagadora, obrigada."

Napier riu. "Tem muito que fazer?"

Todos os três começaram a caminhar em direção a loja.

"Não tanto quanto deveria, mas, sim. Não sei como vamos fazer. Preciso arar, plantar e colocar fertilizante. Eu preciso de mantimentos para os animais. Eu preciso arar e plantar o jardim. Eu preciso de água para o celeiro, para o galinheiro e para o chiqueiro. Preciso passar óleo nas ferramentas do vovô. " Ela balançou a cabeça. "Carol Grace começa amanhã a escola, e não sei se eu posso fazer tudo sozinha."

Napier segurando a porta aberta para ela, disse, "Talvez você devesse começar a pensar mais devagar. Dê-se um ano ou dois para ter tudo sob controle."

Eles estavam no balcão. "Boa idéia, mas preciso de renda ainda este ano. O dinheiro que eu tenho guardado não vai durar muito mais tempo" disse Katie. "Espere um minuto. O que você está fazendo aqui? Você está me seguindo Billy Napier?"

Napier riu. "Não. Eu crio cães. Estou aqui comprando comida de cachorro."

"Cães?" perguntou Carol Grace. "Que raça, senhor?"

Katie riu. "Prometi a Carol Grace que ela poderia ter um cão."

"É mesmo? Bem... O primeiro cão de uma menina deve ser especial. Eu crio Boston Terrriers, disse Napier. "Eu acho que eu tenho um que é perfeita para você, Carol Grace. Ele tem pedigree e todos os papéis estão em ordem. "Tudo o que você precisa é dar amor e uma casa para ele."

O rosto de Carol Grace se iluminou. Sua excitação era óbvia. "Eu amo Boston Terriers! Ah mãe, podemos ficar com ele? Podemos?"

Katie balançou a cabeça, sorrindo. "Quanto custa, Billy?"

Napier começou a pensar esfregando o queixo. "Bem, vamos ver... comida... vacinas...... acho que da para cobrar a vinte e cinco centavos."

"Mãe? Eu tenho esse dinheiro, mãe! Posso ficar com o cachorro?"

"A adolescente estava quase pulando de tão entusiasmada que estava.

"Billy, você não pode estar falando sério,", disse Katie.

Billy assentiu com a cabeça. "Estou falando sério. É o pagamento que eu te devo desde o colégio."

"Mas você não me deve nada!"

Napier colocou o chapéu na cabeça. "Escuta Katie: eu devo tudo a você! Faculdade, o trabalho de policial, que eu tenho há vários anos, xerife...tudo porque uma garota gastou seu tempo para que um pobre idiota tivesse nota para passar de ano. Eu tenho uma dívida que eu nunca vou conseguir pagar. E te considero minha amiga, e isso é tudo para mim."

Afobada, Katie disse, "Por favor, me deixa pagar pelo cão?"

"Não", respondeu o Napier. "Mas, se isso te incomoda tanto, você fica me devendo um favor. Prometo que um dia eu cobro o favor."

Katie balançou a cabeça, sabendo que, ela tinha perdido a batalha. Tudo bem vou ficar te devendo um favor. "Um grande favor."

Napier sorriu para sua amiga. "Obrigado, Katie. Agora, por que não terminar o que você precisa fazer aqui, e vocês duas podem ir a minha casa para escolher o cachorro que vocês quiserem."

A Carol Grace, Katie disse, "o cão vai ser sua responsabilidade. Alimentação, água, o pacote completo. Você é quem vai ter que fazer tudo."

Sorrindo amplamente, Carol Grace disse, "Oh, eu vou cuidar dele, mãe. Sem problema."

Katie deu a lista para o funcionário no balcão e pediu para que a sua compra fosse entregue na Fazenda do Junior. O atendente assegurou a Katie que tudo seria entregue naquela tarde.

Katie virou-se então para Napier e disse. "Ok, vamos lá".

ALAN BLAKE CHEGOU À PRISÃO DO CONDADO DE SARDIS. Ele estacionou seu carro e entrou. Para a senhora que estava trabalhando no balcão atrás do vidro, ele disse, "Oi. Estou procurando o Xerife Napier. Ele está?"

"Ele foi almoçar, mas deve estar de volta dentro de uma hora. Gostaria de sentar e esperar?"

"Sim, gostaria. Obrigado."

Alan sentou-se na cadeira dura, feita de plástico e tentou ficar confortável para esperar o amigo.

"OH, MÃE, É ESTE QUE eu quero." disse Carol Grace, entre lambidas no rosto recebidas de um cachorro animado.

"Para mim parece uma boa escolha," disse Napier.

Katie balançou a cabeça resignada. "Ok, Carol Grace. El é seu. Katie abriu sua bolsa e pegou a carteira. Encontrou uma moeda nova e brilhante e deu a Napier. "Seu pagamento, senhor." Obrigada.". "E eu te devo uma."

Napier sorriu. "Obrigado, Katie".

"Temos que ir. O homem da cooperativa disse que estaria lá em casa breve. Acho que vou levar o meu remédio contra pulgas comigo ...e o cachorro, também, disse Katie.

Carol Grace deu uma risadinha. "Mamãe!"

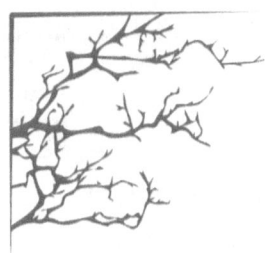

Capítulo 4

NO ESCRITÓRIO DO XERIFE Billy Napier, Alan Blake sentou-se em uma cadeira um pouco mais confortável. A porta estava fechada e Napier tinha pedido para não ser interrompido. Alan explicou porque estava lá e o que ele precisava.

"Então, você precisa de um buraco para se esconder," disse Napier. "Um lugar que ninguém possa encontrar você. Isso é um pedido complicado, Alan".

"Realmente não é. Apenas três pessoas na força policial da cidade sabem que sou da região de Sardis. Um é o meu parceiro, e os outros dois são o meu Tenente e o meu Capitão. Eu não acho que um deles está na folha de pagamento dos Giambini."

"Mesmo assim, precisamos ter a certeza de que ninguém descubra que você está aqui. Claro, você pode ficar por uns dias, mas em todo caso, vou pensar seriamente num lugar melhor para você se esconder. Se descobrirem sobre o Condado de Sardis, vão me descobrir. A minha casa seria o primeiro lugar onde eles iriam te procurar."Napier se recostou na cadeira dele, Merda, eu sei que os Giambini não vão descobrir mas eu odeio que haja uma chance deles poderem vir aqui!"

"Posso ir para a floresta, se esta situação for demais para você. Talvez a velha Margo Sardis possa me esconder," disse Alan.

Napier bateu a mão e disse: "Meu Deus Alan, não vá agitar aquela bruxa velha!" Prefiro enfrentar os Giambinis a ter ela jogando uma bruxaria em mim!"

Os dois homens riram da observação de Napier, pois não estava muito longe da verdade. Margo Sardis era a última descendente da família que deu o nome ao Condado. A maioria dos residentes do Condado achava que a velha Margo era uma bruxa. Não uma velha feia, mas uma bruxa de verdade. Muito poucas pessoas queriam alguma coisa a ver com ela, e aqueles que a procuraram pagaram um preço alto por esse tipo de ajuda.

"Quer ficar por aqui até a hora de eu ir embora, ou você quer ir para minha casa?" perguntou Napier.

"Melhor eu ir para sua casa, apenas para me manter fora da vista. Você se importa de pegar algumas coisas para mim? Eu deixei a cidade com apenas isso." Ele mexeu seus braços de cima para baixo, mostrando as roupas que estava usando.

"Claro, me dê uma lista. E algum dinheiro. Eu não vou pagar por suas roupas, meu velho."

A ENTREGA DA COOPERATIVA CHEGOU a Fazenda do Junior como prometido. O caminhão de entrega foi para a porta dos fundos do celeiro e os dois homens só iriam descarregar as compras no celeiro. Guardar as compras seria responsabilidade de Katie.

Katie tentou convencer os homens a pôr a palha na parte de cima do celeiro e os sacos de vinte quilos de alimentos para os animais na área de armazenamento, mas ela não conseguiu convencê-los. Eles explicaram que a Cooperativa só fazia as entregas nas fazendas e eles não tinham tempo para guardar os suprimentos em todas as fazendas.

"Você precisa de uma pessoa para te ajudar na fazenda," disse um dos homens.

"Obrigada", disse Katie, frustrada. Ela podia levantar quinze quilos, mas não era fácil. E pelo menos um fardo de palha precisava ir para o galinheiro e as lâmpadas de calor para manter as galinhas aquecidas tinham que ser instaladas. Como ela iria conseguir fazer tudo isso sozinha?

Ela respirou e sussurrou: "Oh, Mark, eu realmente precisaria de você agora. Será que eu estou indo muito fundo? Como eu vou fazer tudo isso sozinha?"

Claro, não houve nenhuma resposta para Kate ouvir.

MAIS TARDE, DEPOIS DO JANTAR, o telefone de Katie tocou. Era a motorista do colégio de Carol Grace. Mary McKinnon.

"Obrigada por ligar, Sra. McKinnon. A que horas Carol Grace deve estar pronta?"

"Eu costumo passar pela Fazenda do Junior por volta das seis e meia, Sra Montgomery. Se Carol Grace puder estar pronta às 06:25, será ótimo."

"A senhora vem até a porta da casa, ou ela deve esperar na estrada?"

"É melhor esperar na estrada. É mais rápido do que eu ir até a sede da fazenda."

"Ela vai estar lá. Ela vai estar esperando pela senhora às 06:25 em ponto. Obrigada. Sra McKinnon."

"De nada. Estou ansiosa para conhecer Carol Grace."

Assim que desligou, Katie foi para a sala de estar. Carol Grace estava no chão, brincando com o cachorro.

"Querida, acabei de falar com a motorista do seu ônibus. O nome dela é Mary McKinnon e ela pediu para você esperá-la na estrada às 06:25. Acho melhor você ir dormir às nove, certo?"

"Acho que sim, mamãe" Seu rosto se iluminou. "O Pitoco pode dormir comigo hoje?"

"Pitoco? É este o nome que você deu para o seu cachorro?"

Carol Grace assentiu com entusiasmo.

"Para mim tudo bem, enquanto ele souber onde encontrar a almofada dele."

"VOCÊ SABE ONDE É O BANHEIRO, certo?" "Não quero você fazendo xixi na planta de novo," falou Napier.

Alan respondeu, "foi você quem fez xixi na planta. Eu fiz na sua bota que estava no quintal. E nós tínhamos 10 anos."

Napier riu. "Sinto falta daqueles dias, Alan".

"Eu, também."

"Peço desculpas por não ter mais a oferecer além deste sofá-cama."

Ei, é uma cama, não é? Uma espécie de cama quero dizer.

"Boa noite, Alan."

"Boa noite, amigo."

O ALARME DO DESPERTADOR de Carol Grace começou a tocar às 05:00. Com um gemido alto, ela estendeu a mão, ligou o abajur e desligou o alarme.

Por que isto está me incomodando hoje? Ontem acordei antes das cinco, e não fiquei nem um pouco incomodada. Oh, eu sei – escola. Eca.

A adolescente saiu da cama. Ela olhou ansiosa para Pitoco, que ainda estava enterrado debaixo das cobertas, e foi para o banheiro. Ela ligou o chuveiro para aquecê-lo enquanto escovava os dentes.

Deixe-me ver ...hoje vou usar verde ou azul? Vai ser a primeira impressão para as outras crianças... Azul. É uma cor quente. Acalma. Deus sabe que preciso ficar calma hoje

KATIE FOI COM SUA FILHA para a cozinha. Pitoco seguia Carol Grace.

"Não estou com fome, mamãe."

Katie sorriu. "Nervosa porque hoje é o primeiro dia?"

Carol Grace assentiu com a cabeça. "Pois é".

"Ok, então que tal algumas frutas? Pelo menos você come alguma coisa até chegar a hora do almoço?"

"Ok".

Katie abriu a geladeira e tirou um saco de frutas congeladas. Ela colocou uma tigela no micro-ondas e descongelou a fruta. Ela colocou um pouco de açúcar por cima da fruta e colocou a taça na frente de sua filha.

"É melhor se apressar, querida. O ônibus vai chegar em quinze minutos."

"Está bem, mamãe," respondeu a garota, entre mordidas. "Por favor, tome conta do Pitoco para mim. Será que a senhora pode ajudá-lo e tentar domesticá-lo? Ontem a noite ela se saiu muito bem – ela fez xixi na almofada dele e não fez mais nada de errado."

"Claro, eu vou mantê-lo do meu lado o maior tempo possível. Vou tentar ligar as lâmpadas de calor do galinheiro, e em seguida vou ver se o trator do vovô ainda funciona."

"Parece divertido. Quer que eu fique em casa para ajudá-la?" Carol Grace pediu com esperança.

Katie riu. "Sinceramente, eu adoraria. Mas não acredito que a escola aceitaria você faltar à aula logo no primeiro dia."

Carol Grace fingiu desânimo. "Okayyyy. Uma garota tem que tentar." Ela comeu o último pedaço da sua fruta, engoliu seu suco e pegou seus livros. "Estou pronta!"

Katie abraçou a filha. "Boa sorte hoje, querida. Faça com que hoje seja o melhor dia de sua vida. E, lembre-se: Eu te amo."

Carol Grace sorriu. "Eu amo você também, mamãe. Tchau. Ela saiu pela porta dos fundos em direção a estrada.

Katie viu o ônibus apanhar Carol Grace e, em seguida subiu para se vestir. Hoje ela tinha muita coisa para fazer.

"Vamos lá, Pitoco! Ao trabalho!"

"LEVANTE-SE E MÃOS À obra seu vagabundo preguiçoso!" disse Napier jocosamente, chutando uma das pernas do sofá onde Alan estava dormindo.

Alan gemeu. "Não. Eu quero dormiiiiir!"

"Uh-uh, você tem que ganhar seu sustento, amigo."

"Vá embora, Billy!"

Napier riu. "Se você não sair da cama, você não vai ter que se preocupar com os Giambinis, e se eles vão te matar..."

"Não!"

Napier foi para a cozinha. Quando ele voltou, tinha uma jarra de água gelada nas mãos. Ele a colocou perto da cabeça de Alan.

"Última chance, Alan..."

Quando Alan não respondeu, Napier, sorrindo começou a derramar a água fria sobre o amigo. Alan pulou da cama e disse um palavrão para Napier.

Assim que Alan parou de praguejar, Napier perguntou-lhe: "Acabou?"

Alan riu. "Sim, por enquanto."

"Bom. Eu preciso que você se levante por dois motivos, Alan. Eu tenho que ir trabalhar, e eu não quero te deixar aqui sozinho inconsciente. Estou realmente preocupado com a sua segurança. Em segundo lugar, se você não se importa em ganhar o seu sustento, alguns canis precisam ser limpos, e os cachorros têm que ser soltos para fazerem exercício. Você poderia fazer isso?"

Alan começou a vestir um jeans e uma camiseta. "Claro, vai ser um prazer. É fácil vender um cachorro?"

"Vendi um ontem".

"Sério? Quanto você ganhou, se você não se importa de eu ser intrometido..."

"Vinte e cinco centavos. Eu vendi um filhote, por vinte e cinco centavos."

"Você está brincando".

"Não, não estou. Você se lembra de Katie Ballantine?"

Alan olhou para seu amigo. "Katie? A garota que te ajudou a passar de ano no ensino médio? Claro que sim."

Ela voltou para a cidade, e tem uma filha jovem que queria um cachorro. Deixei ela escolher um filhote baratinho porque acho que a Katie não tem muito dinheiro guardado. Eu devo muito a ela."

"Isso é ótimo, Billy! Sempre achei que a Katie seria um bom partido para você. Ela era muito bonita."

"Ela é absolutamente linda agora."

"O que ela está fazendo aqui?"

"Katie está tentando reativar a Fazenda do Junior, trazê-la de volta à vida."

Uau. Espero que o marido dela entenda sobre agricultura.

"O marido dela faleceu há alguns anos. É só ela e a filha." Napier, que estava andando em direção a cozinha, parou por um momento. "Eu tenho uma idéia!"

KATIE FRUSTRADA CHUTOU O PNEU do trator.

Ela tinha tentado por duas horas fazer o trator pegar. Ela tinha substituído a bateria, verificado todos os fios, tinha enchido o tanque de gasolina, trocado o óleo, mas a máquina não pegava.

No caminho para o galpão de equipamentos, Katie parou no celeiro a fim de pegar palha para levar para o galinheiro. Ela estava agüentando o peso, mas teve que usar cada músculo do seu corpo. Na metade do caminho para o galinheiro, ela teve que colocar a palha no chão e não conseguiu mais levantar o fardo, por mais que tentasse. Então ela arrastou a palha até o galinheiro, agradecendo por não ter ninguém por perto vendo ela fazer isso.

Katie fez mais duas viagens entre o galinheiro e o celeiro, carregando as lâmpadas de calor. Ela tentou fixá-las, mas era necessário um plugue, só que o interruptor era muito antigo e não aceitava um plugue de 3 pinos. Katie não tinha um adaptador.

Então, ela decidiu guardar o trator e amarrá-lo ao velho trailer do avô Assim, ela poderia puxar o trator, e levar os suprimentos para onde fosse necessário.

A manhã tinha sido um fracasso total.

Katie chutou o pneu do trator mais uma vez e começou a voltar para casa. Quando ela chegou mais perto, viu o carro do xerife.

Billy.

Assim que ela chegou na frente de casa, viu que o motorista era o xerife. Alguém estava com ele e esta pessoa parecia vagamente familiar a Katie, mas ela não conseguia se lembrar quem ele era. Ele também era um homem bonito.

"Oi, Katie!" chamou Napier.

Katie sorriu. "Oi para você também, Billy Napier! O que te traz aqui?"

Napier apontou para Alan. "Katie, você se lembra de Alan Blake?"

Os olhos de Katie pareceram aumentar de surpresa. "Alan Blake? O zagueiro do time da escola?"

Alan riu. "Olá, Katie. Faz alguns anos." Ele estendeu a mão para cumprimentá-la.

Katie ignorou a mão e abraçou Alan em vez disso.

Alan, surpreso, abraçou-a de volta e depois de um momento disse: "Wow, Katie é muito bom ver você também."

Katie afastou-se. "Desculpe-me. Tive uma manhã ruim."

Napier, sorrindo, disse: "Talvez eu possa te ajudar. Podemos entrar e conversar, Katie?"

Katie, intrigada, disse, "claro. Vou fazer um café."

"Isso seria ótimo!"

NA COZINHA, KATIE PEGOU um pote de café e convidou os dois homens para sentarem à mesa. Os três conversaram até o café ficar pronto, e Katie serviu as xícaras.

"Vou fazer o almoço em breve, e eu espero que vocês dois fiquem", disse Katie.

"Obrigado", respondeu Napier, e tomou um gole do café.

"Vocês dois parecem ter chupado limões. Porque vocês não me contam o que está acontecendo?"

Alan olhou para Napier. Napier olhou para sua xícara de café e, em seguida, começou a falar.

"Katie, você está tendo problemas com a fazenda? Quero dizer, você está precisando de ajuda?"

Katie, intrigada, disse, "Bem, eu não recusaria ajuda, se você se oferecer."

"Você já pensou em ter um ajudante?"

Katie olhou para Napier. "Eu não poderia pagar um, Billy". Ela olhou para Alan. "Você precisa de um emprego, Alan?"

"Não, não exatamente," respondeu Alan.

"Alan, temos que dizer a ela o que está acontecendo," disse Billy.

"Isso seria bom,", disse Katie. "Não estou entendendo o que vocês estão falando".

Alan respirou profundamente. "O que estou prestes a dizer para você tem que ficar aqui nesta sala, Katie. É caso de vida ou morte, e isso não é uma piada."

Katie assentiu hesitante. "Ok, você tem minha palavra."

"Você acabou de voltar da cidade, certo?"

Katie assentiu com a cabeça.

"Ouviu falar da família Giambini? Mickey Giambini?"

"Sim. Eles estão sempre em todos os jornais."

Alan acenou com a cabeça. "Eu sou um policial disfarçado. O novo Prefeito Morris McIllwain nos deu ordens para que trabalhássemos arduamente a fim de manter as taxas de crime baixas. Eu estava trabalhando disfarçado investigando algumas de suas práticas de jogos, eu e meu parceiro conseguimos ir longe o suficiente para entrar num jogo de poker com Moses Turley. Alguém da força deve ter vazado quem nós éramos, porque um dos seus capangas tentou nos matar neste jogo. Eu atirei nele, e prendi Turley e mais três.

"Boa! Você precisa manter os criminosos fora da rua!"

"Sim, é bom tirá-los da rua. Mas, o problema são os Giambinis." Alan inclinou-se para frente. "Se tivesse sido apenas uma prisão normal de um Zé Ninguém eu ainda estaria na cidade. Mas, meu Tenente e o meu Capitão estão com medo que os Giambini tentem me matar, matar o meu parceiro Winstead e matar as outras quatro testemunhas antes do Turley ir a julgamento."

Katie balançou a cabeça. "Não há testemunhas, não há como provar que o crime aconteceu."

"Bem, não é de todo verdade. Temos montes de provas circunstanciais, mas sem a gente o promotor passaria por maus pedaços." Alan tomou um gole de café. "Quando o tenente disse para que eu e Winstead sumíssemos até o julgamento sem dizer para ninguém onde estávamos, eu resolvi vir para aqui. Achei que Billy poderia me esconder."

"Então", disse Katie lentamente. "Onde eu me encaixo?"

Napier mexeu nervosamente no seu copo de café. "A idéia é minha. Alan precisa se esconder até o julgamento. Achei que você iria precisar de ajuda na fazenda. Se você se lembra, o pessoal de Alan tinha uma fazenda aqui."

Katie balançou a cabeça.

"Pensei que Alan poderia ajudá-la," continuou Napier. "Ele pode ficar escondido aqui e ajudar, ao mesmo tempo. Ninguém esperaria encontrá-lo na Fazenda do Junior."

Katie se recostou na cadeira e olhou para os dois homens. "Você quer esconder o Alan aqui e colocar eu e minha filha em perigo? Vocês estão falando sério?"

Napier disse, "Katie, eu não posso mantê-lo em minha casa. Se alguém descobre que ele é originalmente do Condado de Sardis..."

"E a chance é muito pequena," interrompeu Alan.

"... eles não poderiam descobrir que ele estaria na Fazenda do Junior," falou Napier.

"O perigo seria muito pequeno para todos nós...," disse Alan.

"Ou nós não iríamos nem começar a falar com você sobre esta idéia, terminou Napier. "E você pode chamar de favor!"

Katie olhou para Napier. "Diga-me por que você não quer que ele fique na sua casa?"

Napier sorriu. "Se, de alguma forma, eles descobrirem sobre a ligação dele com o Condado de Sardis, a minha casa seria o primeiro lugar que eles iriam checar. Minha preocupação é manter o Alan vivo. Ninguém vai suspeitar de você, e eu tenho toda a confiança de que aqui ele estaria seguro, Você e Carol Grace também."

Katie suspirou. "Deixe-me fazer almoço e eu vou pensar sobre isso. "Ela olhou rapidamente para o Alan. "Tudo bem se for carne? Sanduíches? Eu tenho queijo provolone".

Alan encontrou o olhar de Katie, e disse, "Eu amo provolone".

Katie sorriu e começou a fazer o almoço.

LEO LESKO FOI DE ELEVADOR até o último andar. Ele não estava ansioso para falar com Mickey Giambini.

Na mente de Lesko, Mickey já tinha perdido. Quando ele perdeu todo o dinheiro em Las Vegas na maldita luta de Box, e quando Joey Justice tinha vindo aqui – aqui! Levaram Jackie Blue debaixo dos seus narizes, atiraram em Vincent Lambosa dentro do escritório do Mickey, depois colocaram o FBI do outro lado da rua bem no Edifício Himes...bem, não era nada bonito ver a cabeça da organização se desfazer diante dos olhos.

Os últimos meses tinham sido duros para os Giambinis. Tudo tinha que ser falado em código, porque provavelmente os federais podiam ouvir o que eles diziam em qualquer lugar do prédio. O dinheiro tornou-se apertado, por causa da repressão ao crime feita pelo novo Prefeito e agora Moses Turley e sua equipe tinham sido presos ... nuvens negras estavam se reunindo em torno dos Giambinis e a tempestade poderia desabar a qualquer momento.

Lesko esperava poder ficar vivo quando a tempestade desabasse.

As portas do elevador se abriram, e Lesko saiu. Rizzo, o homem número dois da equipe de Mickey, estava sentado do outro lado da mesa da recepcionista. Ambos reconheceram Lesko, e Rizzo disse, "Você pode entrar, Leo. Ele está esperando por você."

"Obrigado."

Lesko abriu a porta do gabinete de Mickey Giambini. Giambini estava fazendo a mesma coisa que ele andava fazendo ultimamente... olhando pelas janelas do seu escritório para o prédio do outro lado da rua. O FBI se tornou uma obsessão para Giambini e ele tinha colocado uma recompensa pela cabeça de Joey Justice. Originalmente o preço pela cabeça de Justice foi colocado por Esteban Fernandez, o general mexicano insano e líder do maior e mais perigoso cartel de drogas do México.

Giambini temia Fernandez.

Lesko não disse nada. Ele sabia que Giambini sabia que ele tinha chegado, e Giambini iria falar quando estivesse pronto.

"Esses safados," disse Giambini, quase para si mesmo.

"Quem, Mickey?"

Giambini acenou com a mão em direção a janela e levantou a voz. "Todos eles!"

"Tenho que concordar com você, chefe."

Giambini tirou os olhos da janela e olhou para Lesko.

"Qual a novidade mais recente sobre o caso de Moses?", perguntou Giambini.

"A fiança é de 5 milhões de dólares."

Giambini praguejou com amargura. "Porque o valor é tão alto? E por que você ainda está de pé, Leo?" Giambini sentou-se na sua cadeira de trabalho.

Lesko mudou-se para uma das cadeiras, do outro lado da mesa de Giambini e sentou-se... mas não na cadeira onde Vincent tinha encontrado seu destino.

"Chefe, meu palpite é que eles estão tentando arduamente fazer com que Moses deponha contra você. Fazê-lo, ganhar alguma simpatia do juiz."

"Você acha que eles vão conseguir?"

Lesko abanou a cabeça. "Não, Mickey. Moses é tão leal a você como eu sou."

Giambini mostrou o polegar em direção a janela atrás dele, e piscou para Leski. "Eu me pergunto se eles vão perceber que isso tudo é inventado....Moses não faria o que eles disseram que ele fez."

Lesko piscou de volta. "É claro que ele não fez chefe. Aqui está o relatório da carga de salsicha que embarcou esta semana." Os Giambinis possuíam uma fábrica de processamento de salsicha... Era um dos seus poucos negócios legítimos. Lesko inclinou-se e entregou uma folha para Giambini.

Giambini disse "Obrigado". E começou a ler.

A mensagem era simples: *encontramos todos os outros quatro participantes do jogo. Eles não se esconderam tão bem como deveriam. Além disso, temos uma pista sobre um dos dois policiais.*

Giambini sorriu. "Isso é boa notícia, Leo. Quero que você prossiga com esta venda. Coloque seu melhor homem nela e a feche o negócio assim que você puder. Enquanto isso, eu vou cuidar do relatório. "Ele acendeu um charuto e com o isqueiro ateou fogo à folha de papel." Não posso deixar a competição ver esses números."

Os dois homens assistiram o papel queimar até virar cinzas.

Lesko falou. "Eu vou tomar conta disso, chefe."

"Obrigado, Leo... as coisas finalmente estão mudando para melhor."

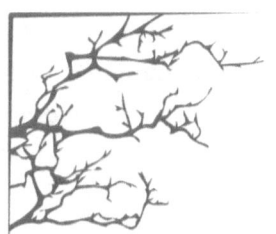

Capítulo 5

O almoço tinha terminado.

Os três amigos da época de escola tinham conversado amenidades durante a refeição. Com a conversa Katie ficou sabendo tudo sobre seus antigos colegas do colégio e tudo o que ela havia ouvido sobre Phoebe estava correto.

Afinal os três riram de uma observação que Alan tinha feito. Napier virou-se para Katie.

"Já se decidiu, Katie-skate?" Napier perguntou, usando o antigo apelido de Katie.

Katie sorriu. "Bem, é realmente contra a minha vontade..." Ela olhou para Alan. "Sim, Alan, você pode ser meu ajudante na fazenda."

Alan foi para o outro lado da mesa e pegou a mão de Katie. "Obrigado, Katie. Eu vou fazer o possível para ajudá-la a fazer esta fazenda um sucesso."

Ela apertou a mão de Alan. "Só quero que não matem Carol Grace. O resto é secundário."

"Eu entendo". Alan virou-se para Napier. "Billy, você me ajuda a pegar minhas coisas no carro?"

O DIA DE CAROL GRACE tinha começado bem. No ônibus, ela se sentou ao lado de uma aluna do segundo ano. Foi muito bom - a menina achou Carol Grace muito legal.

Quando chegou à escola, Carol Grace recebeu status de celebridade. Ela era a "novata", e, claro, todo mundo queria saber tudo sobre ela. Carol Grace foi reticente sobre falar sobre ela mesma, pelo menos até ela ver onde estavam as "panelinhas", e como elas eram divididas. Ela não era "chata", e procurava amigos na escola toda... e não somente entre os alunos populares.

Carol Grace também queria tirar boas notas. Especialmente no ensino médio. Sem elas, as chances dela conseguir uma bolsa de estudos eram mínimas e sua mãe, apesar de mover céus e terra por ela, não poderia pagar por uma educação universitária.

Carol Grace era mais parecida com a mãe do que ela pensava.

No início de cada aula naquela manhã, cada professor pediu para Carol Grace se levantar e se apresentar para a classe. Ela tinha que dizer um pouco sobre de onde vinha, e quem era sua família. Quando ela dizia que era neta de Junior Ballantine, todos os professores sorriam. Carol Grace sentia a cada momento que tinha recebido uma etiqueta para ser arquivada.

Lá pelo quarto período, na aula do Sr. Hendrix, ela estava muito cansada de falar sobre ela mesma. Hendrix sentiu isso e ele mesmo apresentou Carol Grace. Ele não pediu para ela falar sobre sua vida, e ela ficou agradecida.

No refeitório, Carol Grace pegou sua bandeja de almoço, e procurou um lugar para se sentar. A maioria dos lugares já estava ocupada, mas ela viu um lugar vago no extremo oposto de uma mesa na parte de trás da sala. Ela começou a caminhar na direção deste lugar, quando alguém deliberadamente a fez tropeçar. Carol Grace perdeu o equilíbrio e a bandeja voou longe. O almoço dela se espalhou pelo chão e alguns pedaços de comida caíram por sua roupa, Risos vieram de todo o refeitório. Carol Grace virou para ver quem a tinha feito tropeçar. Uma garota estava olhando para ela com um sorriso.

Carol Grace controlando sua voz, perguntou, "Você fez isso?"

A menina tinha estado com ela em duas de suas aulas da manhã, mas Carol Grace não sabia o nome dela. A menina começou a rir.

"Claro que sim, e você fez uma dança chique!"

"Por quê?"

"Porque você se acha melhor do que todos os outros!"

"O que te faz pensar isso?", perguntou Carol Grace, falando alto. A raiva começou a aparecer nos seus olhos e a outra garota viu isso.

"Minha mãe me disse. Ela estudou com a sua mãe."

Carol Grace aproximou-se da garota com apenas alguns centímetros separando-as. "Eu não te conheço!" Ela gritou. "E você não me conhece! Você não conhece a minha mãe! Mas se é luta o que você quer, vou ficar mais do que feliz em dar-lhe uma que você jamais vai esquecer."

Carol Grace pegou o prato de comida da garota e o derramou pela cabeça dela. Os alimentos grudaram no cabelo e no rosto dela. Carol Grace então pegou o prato e o colocou no topo da cabeça dela.

Silêncio encheu o refeitório, com exceção do barulho da comida caindo no chão.

A menina tirou o prato da cabeça, tirou o molho de espaguete do cabelo, limpou o rosto e olhou para Carol Grace. Ela saiu da cadeira onde estava sentada e atacou Carol Grace. As duas meninas caíram no chão brigando.

A guerra tinha começado!

"VOCÊ PODE FICAR NO barracão, Alan," disse Katie. Ele tem tudo o que você pode precisar – pratos, eletricidade, uma cama firme, banheiro, água corrente e, se você não quiser comer comigo e com a Carol Grace, tem um fogareiro. Tem aquecedor e um aparelho de ar condicionado.

"Obrigado, Katie. Lamento tudo isso."

O Xerife Napier tinha ajudado Alan a pegar suas coisas do carro dele. Alan e Katie tinham dito adeus ao xerife na garagem. Assim que Napier foi embora, Katie e Alan andaram em direção a casa onde Alan passaria a morar.

"Está tudo bem, Alan," respondeu Katie. "Eu pretendo fazer você trabalhar como você não o faz há anos. Você é bom em fiação? Ou sabe fazer tratores voltarem a funcionar?"

"Sim para as duas perguntas, mas não faço isso há muito tempo."

Katie explicou sobre as lâmpadas de calor de fiação. "Eu realmente quero que voltem a funcionar. Carol Grace quer criar algumas galinhas. Eu quero que ela comece assim que puder. E eu não consigo ligar o trator." Ela explicou tudo o que tinha feito naquela manhã. "Temos que correr para termos o campo arado para a época do plantio ... mas não podemos fazer isso sem o trator."

Eu vou consertar isso. Onde está sua caminhonete?"

Katie hesitou. "Eu não tenho uma".

Alan olhou para ela. "Você deve estar brincando.

Katie balançou a cabeça. "Eu sei que eu preciso de uma. Se eu conseguir um tempinho amanhã, talvez eu vá ver se alguma concessionária troca o meu sedan por uma caminhonete decente. O modelo do meu sedan é do ano passado, mas está pago, então, talvez,"...Ela deixou a frase no ar.

"Talvez eles troquem. Mesmo que você tenha que pagar um pouco mais pela caminhonete, nós realmente precisamos dela aqui.

"Vou ver o que eu posso...," disse Katie, mas não terminou a frase. Seu telefone celular começou a tocar. Ela tirou o telefone do bolso da calça jeans, apertou o botão e disse "Alô?"

KATIE ENTROU NO ESCRITÓRIO do Sr Wallace. O diretor estava sentado atrás da sua mesa. Ele era um homem pequeno, de cabelos negros ondulados, e vestia casaco e gravata.

Do outro lado da mesa do diretor, duas garotas estavam sentadas em cadeiras cobertas por sacos plásticos de lixo. Uma das meninas era Carol Grace, e as duas estavam cobertas com o que parecia ser molho de espaguete. Ela olhou para a mãe timidamente.

Katie disse, "Oi, eu sou Katie Montgomery. O que está acontecendo?"

"Estamos esperando pelo outro responsável, Sra Montgomery," disse Wallace. Vamos conversar assim que ela chegar. Por favor, sente-se. " Wallace indicou um sofá pequeno.

Katie, perplexa, sentou-se.

Dentro de alguns minutos, a porta da sala do diretor abriu, e Phoebe Smalls entrou.

"Vim assim que eu pude. Eu estava no trabalho," disse Phoebe.

Wallace mostrou o mesmo sofá onde Katie estava sentada. "Por favor, sente-se Ms. Smalls." Phoebe viu que Katie já estava sentada e um olhar surpreso cruzou a cara de Phoebe. Katie interpretou o olhar como "Oh, merda, eu sei do que se trata".

Um pensamento passou pela mente de Katie. Ele é da mesma altura, em pé ou sentada!

"Senhoras, chamei vocês aqui para resolver uma situação que aconteceu hoje na hora do almoço." Wallace inclinou-se contra a sua mesa. "Essas duas brigaram no refeitório."

Phoebe exclamou: "Oh, Deus!"

Katie não disse nada.

"Pelo o que eu entendi, Mary começou a briga porque fez Carol Grace tropeçar".

Mary Smalls olhou para um ponto no tapete do diretor. Carol Grace manteve sua atenção em Wallace.

"Mary então, aparentemente, tornou a situação pior, dizendo que sua mãe tinha dito que "algumas pessoas pensam que são melhores que outras", ou algo nesse sentido.

Phoebe olhou para todos os lugares exceto para onde estava Katie. Katie olhou para Phoebe e sentiu a raiva começando a se alastrar.

"Bom, não posso forçar vocês duas a resolver suas diferenças. Mas quanto a suas filhas, eu posso. Ou, pelo menos posso ter a certeza que elas vão saber como se entenderem. Assim, as conseqüências deste pequeno combate de hoje será o seguinte ... "Wallace fez uma pausa até ter a atenção das duas meninas. "Seus horários vão ser remarcados. Vocês vão assistir a todas as aulas juntas, vocês vão almoçar juntas, vocês vão ter que se sentar juntas nas aulas e no refeitório. Vocês vão ficar juntas todos os horários aqui no colégio até que eu queira alterá-los. Vocês também vão aprender a ter uma boa convivência, uma com a outra, ou vou expulsar as duas. A escolha é de vocês. Escolham agora."

Carol Grace não hesitou. "Eu escolho ter uma boa convivência."

Mary disse irritada, "Eu também."

"Bom", disse o diretor. "Você duas vão para casa pelo resto do dia. Vocês estão suspensas por uma semana, mas amanhã vocês devem começar a viver em harmonia, uma com a outra. Vocês vão ter um tutor que irá acompanhar seus trabalhos de casa. Após esta semana vocês vão começar a outra parte do castigo. Agora, por favor, saiam do escritório, Eu quero falar com a mãe de vocês."

Carol Grace e Mary levantaram-se e saíram do escritório.

Wallace dirigiu sua atenção para as duas mulheres. Ele se levantou, puxou uma terceira cadeira, e a colocou de frente para Katie e Phoebe. Ele se sentou e olhou de uma para a outra.

"Eu entendo que você duas eram colegas de classe e se formaram juntas no Colégio Perry. Wallace olhou para Phoebe. "Vi todos os anuários de cada um dos anos que você estudou aqui. Vi que você foi "Líder de Torcida." Ele virou-se para olhar para Katie. "Eu vi que você era uma Ballantine e que era esperta o suficiente para fazer parte do Clube Beta. Então...o que eu gostaria de saber, considerando que as duas estavam entre as melhores estudantes do último ano, ano em que vocês se graduaram, qual das duas se considera melhor do que a outra?!

Katie foi a primeira a falar. "Certamente eu não me acho melhor do que ninguém".. Não sou responsável pelos "genes" inteligentes que herdei e venho de uma longa linha de agricultores. "Eu tenho tido sorte na vida, mas eu nunca..." ela se virou para Phoebe, "nunca...pensei ser melhor do que ninguém. Não tenho razão para pensar isso."

Phoebe virou-se para Katie. "Oh, realmente, eu vi o jeito que você olhou para mim na fila do caixa do mercado. Você mal falou comigo e me olhou como se eu fosse nada!"

"Eu não fiz isso! Não falei muito com você porque nós nunca fomos muito próximas. Eu não tinha nada para compartilhar com você!"

Ah, mas você certamente 'compartilhou' com Billy Napier, certo? E como você "compartilhava com ele na escola!"

"Billy nunca foi mais que um amigo para mim, Phoebe. Tudo o que fiz para ele foi ajudá-lo a estudar para que ele pudesse manter suas notas e permanecer na equipe de futebol!"

"Oh, claro! Eu não acredito em uma palavra do que você está dizendo!"

Um insight ocorreu a Katie: "Você gosta de Billy, não é?"

Phoebe olhou ao redor e, em seguida, para baixo, para as mãos dela. "Talvez".

"E você está com inveja da nossa amizade?"

Phoebe soluçou e começou a chorar em silêncio. "Sim,eu tenho ciúmes. Porque ele não olha para mim? Porque ele não me nota?"

Katie abriu sua bolsa e tirou um lenço de papel e deu a Phoebe. Phoebe limpou os olhos e disse,"Obrigada, Katie".

Katie disse calmamente, "Phoebe, alguma vez você conversou com Billy? Disse para ele como você se sente?"

Phoebe engoliu uma lágrima e abanou a cabeça. "Ele não me vê. Ele nunca me olhou desse jeito." Ela olhava nos olhos de Katie. "Além disso, ele provavelmente acha que eu sou uma bêbada. Ou uma vagabunda. Eu quase perdi meus filhos por ser muito "festeira", e provavelmente ele acha que não sou uma pessoa boa."

"Ele alguma vez disse isso para você?"

Phoebe abanou a cabeça. "Não".

Katie olhou para suas mãos e tomou uma decisão. Ela olhou para Phoebe, estudando a mulher.

Phoebe Smalls ainda era uma mulher bonita. Se o seu passado estava realmente no passado, e não houvesse nenhum risco dela voltar a beber, talvez...

"Phoebe, deixe-me ajudá-la,", disse Katie.

"Não, eu não aceito dinheiro de você," respondeu Phoebe. "Não aceito caridade."

"Que bom", respondeu Katie. "Porque eu não tenho dinheiro para te dar". Ela colocou a mão por cima da mão de Phoebe. "Eu estava pensando em tentar consertar as coisas para você...com Billy."

Phoebe arregalou os olhos. "É mesmo? Como"?

Katie sorriu. "Coloque-se em minhas mãos, Phoebe. Eu vou fazer o que puder. Mas primeiro vamos ver as nossas filhas para que elas saibam que não existem problemas entre nós. Está bem?"

Phoebe sorriu. "Obrigada, Katie. Peço desculpa pelo que eu disse."

"Não foi nada. Phoebe." Respondeu Katie. "Mas, vamos lá esclarecer tudo para as meninas antes que elas cheguem num ponto que não vai ter mais volta."

As duas mulheres se levantaram. Wallace, esquecido pelas duas mulheres, se levantou também.

"Se há algo mais que eu possa fazer para as senhoras, por favor, me avisem," disse Wallace.

As duas mulheres riam ao deixarem o escritório.

MAS, MÃE EU NÃO QUERO SER AMIGA dela!" disse Carol Grace no caminho de casa. "Ela me derrubou de propósito e disse que nós pensamos ser melhores do que todo mundo!"

"Carol Grace, pela última vez, foi tudo um mal entendido!", respondeu Katie. "Phoebe sempre foi assim... ela coloca uma idéia na cabeça e é preciso um ato do Congresso para que ela mude de idéia."

Carol Grace cruzou os braços. "Só porque você e a mãe dela fizeram as pazes não quer dizer que eu também preciso. Nem gosto de Mary Smalls!"

"Você não sabe se gosta dela ou não. Você a conheceu hoje."

Carol Grace parou de reclamar quando Katie virou o carro para a entrada da fazenda.

"Não importa mãe. Não vou gostar dela, e não vou ser amiga dela!"

Katie encolheu os ombros quando o carro parou. "Fique à vontade. Mas é você que vai ter que gastar cada hora da escola com ela... até vocês aprendem a ter uma boa convivência."

"Que bom!" Carol Grace deixou o carro, batendo a porta indo em direção ao celeiro.

Katie balançou a cabeça. *Melhor deixá-la sozinha para pensar. Ela merece depois de hoje.* Katie entrou em casa e foi para a cozinha.

Katie congelou quando ouviu Carol Grace gritar e correr. Pitoco também veio correndo do celeiro, latindo e perseguindo Carol Grace alegremente.

"Mãe! Mãe! Tem um homem no celeiro! Mãe!"

Katie olhou preocupada, até que se lembrou que tinha dado um lugar para Alan se esconder.

Alan veio pela porta aberta do celeiro com um olhar perplexo no rosto, e com palha no seu cabelo.

Ele começou a caminhar em direção a porta traseira da casa.

Katie quase começou a rir.

Carol Grace bateu a porta duramente parecendo que estava socando o ar! E rapidamente abriu a porta da cozinha, tinha medo em seus olhos. Pitoco latia alegremente.

"Mãe!" choramingou Carol Grace. "Há um homem no celeiro e ele ...Ah! Lá está ele!" A adolescente se escondeu atrás da mãe enquanto apontava para a porta da cozinha. "Mãe!"

Alan tinha visto Katie pela janela da porta da cozinha e entrou.

Carol Grace gritou.

Pitoco começou a latir ainda mais.

Alan começou a tentar falar, para perguntar o que estava acontecendo.

Katie não conseguiu se conter... começou a rir ruidosamente. A cena parecia um filme antigo. Talvez uma antiga comédia.

Alan e Carol Grace compartilharam um olhar de espanto, e ambos disseram, "Qual é a piada?"

Katie achou ainda mais graça e não conseguia parar de rir. Ela tropeçou para trás até suas pernas baterem numa das cadeiras da cozinha, e surpreendentemente em seguida, ela caiu no chão. Isto fez com que ela risse ainda mais.

Tanto Alan quanto Carol Grace começaram a rir. Pitoco sentou-se na frente de Katie, olhando para ela com a cabeça inclinada para a direita.

Alan olhou para Carol Grace e disse, "Você deve ser Carol Grace".

Carol Grace assentiu com a cabeça.

"Eu sou Alan Blake. Eu fui amigo de escola da sua mãe. e de Billy Napier. Nós nos formamos juntos. Sua mãe concordou em me deixar ajudar na fazenda por um tempo. Não quis fazer te assustar."

"Mamãe não me disse". Carol Grace olhou para o chão. "Peço desculpas porque eu joguei feno em você, Sr Blake. Você me assustou."

Alan riu. "Você tem uma boa pegada no seu braço! A palha bateu direto no meu rosto!"

Katie, que tinha começado a se acalmar, ouviu isso e voltou a ter ataques de riso.

Pitoco inclinou a cabeça bruscamente para a esquerda, ainda olhando para Katie.

Tanto Alan quanto Carol Grace começaram a rir, também. Era contagioso.

"PARECE COM A TESTEMUNHA O NÚMERO DOIS, Tenente," disse o detetive da polícia.

O Tenente Stanfield Pyne disse um palavrão. Dos seis homens que seriam testemunha contra Turley, apenas Alan Blake, James Winstead e outros dois homens continuavam vivos. As outras duas testemunhas tinham sido sistematicamente assassinadas, e os assassinatos tinham sido horríveis.

Apesar dos assassinatos terem sido horríveis, os assassinos tinham sido bastante cuidadosos para certificar-se de que cada vítima poderia ser facilmente identificada. A princípio Pyne pensou que o assassino estava provocando o departamento de polícia, mas após refletir, descartou essa idéia. Ele finalmente decidiu que havia duas razões para esses

assassinatos: a primeira era para que o departamento de polícia deixasse os Giambinis em paz, e a segunda, era que não restaria nenhuma testemunha pra depor contra Moses Turley, não importando quais ações o departamento estava tomando para proteger as testemunhas.

Pyne disse outro palavrão, e mandou que o detetive continuasse a cuidar do assassinato, deveria mantê-lo informado e ligar para o capitão.

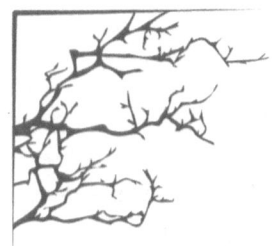

Capítulo 6

"E É POR ISSO QUE SUA MÃE ME DEIXOU FICAR AQUI," disse Alan.

Carol Grace olhou para a mesa. Ela deu uma olhada na direção de Alan e então olhou para Katie. Katie assentiu com a cabeça, a fim de reafirmar o que Alan tinha dito.

"E você é um amigo do Sr. Napier?" perguntou Carol Grace.

Alan fez que sim com a cabeça.

"E ele sabe que você está aqui?"

Alan acenou novamente com a cabeça.

Carol Grace piscou um olho para a mãe dela. "E ele não se importa?"

Alan sorriu, e Katie corou.

"Carol Grace!", disse Katie, atrapalhada. "Isso não é algo para se dizer ..."

Alan interrompeu. "Essa eu respondo, Katie". Ele sorriu novamente. "Carol Grace... Billy não se importa que eu esteja aqui. Billy não tem interesse romântico em sua mãe. Eu quero dizer que o interesse dele é zero! Ele nunca teve interesse romântico por Katie. Eles são amigos, e isso é tudo. "Alan fez uma pausa. "Ele é meu melhor amigo e tem sido desde ... bem, desde sempre. E eu saberia." Ele pensou consigo mesmo, *Agora, eu...Eu sempre tive uma queda pela Katie desde...desde, sempre. Mas isso você não vai me perguntar. Eu espero.*

Imediatamente para provar que Alan era um mentiroso, Carol Grace perguntou, "Ok...mas e você gosta da minha mãe romanticamente?"

Agora foi a vez de Alan corar. Ele abriu a boca para dizer alguma coisa... algo... quando foi salvo por Katie.

"Carol Grace Montgomery! Você não deve dizer esse tipo de coisa! Especialmente depois de ter sido suspensa da escola por uma semana!"

"Mas, Mã-ãe!"

"Não tem essa de Mã-ãe", menina! Agora vá para o seu quarto, e não quero vê-la até o jantar!"

"Mãe!"

"Agora, mocinha!

Rosnando um inarticulado "OHHHHHH", Carol Grace levantou-se e bateu os pés com irritação a cada degrau da escada quando foi em direção ao seu quarto. Pitoco latiu uma vez e, foi atrás de Carol Grace.

Quando ela ouviu a porta do quarto de Carol Grace bater, Katie virou-se para Alan.

"Desculpe-me, Alan."

Alan estendeu as mãos. "Do que você está se desculpando?"

"Carol Grace. Ela tem uma mente fértil e seus pensamentos vêm para sua boca antes que ela pense no que está dizendo."

"Ela ainda é uma criança, Katie. É de se esperar. Posso perguntar o que aconteceu na escola?"

Katie pôs a mão sobre sua testa, cobrindo seus os olhos. "Oh, Uau...Ok, eu vou te contar, mas você não pode dizer nem uma palavra ao Billy. Posso confiar em você?"

Alan rido disse, "Ei, é um acordo da minha parte! Aconteceu alguma coisa com o Billy? Eu realmente gostaria de fazer algum tipo de brincadeira com ele!"

"Você se lembra de Phoebe Smalls?"

"Débil Smalls? Pode apostar que sim! Billy ficava louco quando a gente a chamava assim!"

Katie olhou para Alan sem acreditar. "Débil? Vocês colocaram um apelido nela?"

Alan riu. "É claro! Toda a equipe a chamava assim, e você devia ter visto como o Billy ficava! Ele ficava tão bravo, ele pareceria Eufrazino dos desenhos animados da Looney Tunes! Ele tinha uma enorme queda pela Débil!" *Muito parecida com a que eu tinha ... tenho....por você.*"

Katie disse, "Oh, estou tão feliz em ouvir isso! Talvez não seja tão difícil quanto eu pensava! Vou te contar o que aconteceu ..." Ela contou para Alan o que tinha acontecido com Carol Grace, e o que ela planejava fazer com Phoebe. "Posso contar com a sua ajuda?"

"É claro que eu vou te ajudar! Billy precisa disto!", disse Alan. *E, talvez, só talvez... Você vá perceber o que eu sinto por você, ele pensou..* "Espere! Ele gritou, estalando os dedos. "Eu quase me esqueci. O galinheiro está pronto para receber os moradores... Eu consertei as lâmpadas enquanto você estava fora. Além disso, o celeiro e o chiqueiro estão prontos para os animais.

Katie arregalou os olhos e olhou para o Alan. "Você está brincando! Isso é ótimo!"

"Uma coisa: antes de você estocar animais, você precisa de comida. Ou algum tipo de ração. Eles não podem comer coisas do supermercado."

Katie riu da idéia de ir ao supermercado para comprar comida congelada de porco para micro-ondas. "Alan, é uma ótima notícia! Vamos fazer umas ligações e começar a encher este lugar de animais. E se conseguirmos que o trator funcione, podemos pegar alguns fardos de feno. Não vamos perder o que está nos campos."

Alan acenou com a cabeça. "De acordo".

Katie achou o número de telefone da Cooperativa, ligou e fez algumas perguntas sobre a compra de aves e outros animais para a fazenda. Ela fazia anotações e agradeceu a pessoa que a atendeu. Ela desligou e, em seguida, ligou para outro número. Depois de alguns minutos de discussão, ela desligou e falou para Alan.

"Ótimo! Amanhã vamos ver alguns pintinhos! Mas, não diga nada a Carol Grace, por favor. Eu quero fazer uma surpresa!"

"Parece bom para mim, Katie! Agora, vamos ver o trator. Preciso de um par de mãos extra."

"Claro. Deixe-me chamar Carol Grace e podemos usar dois pares extras de mãos."

MICKEY GIAMBINI ESTAVA FALANDO COM RIZZO.

"Rizzo", disse Giambini. "Sabe aquele projeto no qual estamos trabalhando?"

"Claro, chefe."

"Como ele está indo?" Giambini tinha pedido a Rizzo para eliminar os quatro "João Ninguém". Moses Turley cuidaria dos dois policiais.

"Vai indo, chefe. Devagar e sempre. As vendas estão difíceis." Rizzo levantou quatro dedos.

Giambini levantou suas sobrancelhas. Rizzo tinha eliminado os quatro "João Ninguém". "Isso não é bom, Rizzo," ele disse, levantando os dedos e fazendo o sinal de OK. "Temos que encontrar uma maneira de aumentar as nossas vendas,"

Rizzo sorriu. "Tenho uma idéia, chefe. Eu acho que hoje de noite eu vou conseguir fazer uma grande venda. Talvez ela nos segure durante todo o mês. Vai ser um bocado de carne."

Giambini sorriu para seu guarda-costas. "Ei, quanto mais carne a gente conseguir se livrar, melhor. Você sabe o que estou dizendo? "

"OK, CRUZE OS DEDOS," disse Alan, sentado no banco do trator.

"E os dedos dos pés também," disse Katie.

Carol Grace deu uma risadinha. "E os olhos!" ela disse, ficando vesga.

"Ei, garota, seu rosto vai congelar e você vai ficar assim," Alan disse para a adolescente.

Alan abanou a cabeça. "Ok, aqui vamos nós!" Ele virou a chave na ignição do trator. Tudo começou a vibrar. De repente, algo no motor fez um barulho e arrotou uma fumaça preta para fora dos escapamentos. Alan levantou seu punho e disse: "OK!"

Katie e Carol Grace começaram a dançar enquanto diziam, "Oh, sim! Oh, sim! Alan colocou o trator em marcha e levou-o para fora do galpão de equipamento.

"Ótimo! Katie falou. Depois que você conseguir estacionar porque não vem para a casa com a gente? Vou começar o jantar. Você é bem-vindo para se juntar a nós."

Alan acenou com a cabeça e colocou gás no trator. Foi andando de trator do caminho de terra até o celeiro. Pitoco perseguia o trator latindo alegremente. Alan dirigia com cuidado, certificando-se que o cachorrinho acidentalmente não pulasse sobre os grandes pneus do trator.

Quando ele chegou ao celeiro, Alan parou e desceu. Ele olhou para trás, para o longo caminho da estrada. Katie e Carol Grace estavam a meio caminho do celeiro. Alan abriu as duas grandes portas e estacionou o trator dentro. Ele desligou o motor, confiante de que a máquina iria começar rapidamente na próxima vez que fosse preciso.

"Pitoco!" chamou Carol Grace. "Vamos para casa!" Para a mãe ela disse. "O que temos para o jantar, mãe?"

"Espaguete, salada e pão de alho."

Carol Grace assentiu com a cabeça. "Bom. Talvez eu consiga ter espaguete no meu estômago e não na cabeça de outra pessoa."

RIZZO, FINALMENTE, PERDEU O "RABO". Quem estava seguindo ele era bom, mas Rizzo tinha sido melhor.

Rizzo tinha ouvido que um dos policiais, James Winstead estava escondido com seu primo num apartamento a poucos quarteirões da Rua Hooker Hollow.

Rizzo sabia que ele teria que matar os dois policiais. A idéia de matar um policial não o incomodava. Ele tinha feito isso antes, e ele sabia que se fosse cuidadoso, ninguém o ligaria ao assassinato. A polícia saberia que era por Turley, claro... Mas saber e provar eram duas coisas bem diferentes.

Rizzo decidiu parar no Bar do McFeely, conhecido nas ruas da cidade como McFeelme e ir andando até o apartamento. Assim, se alguém estivesse vigiando o Edifício Winstead, ele teria como vê-los primeiro.

Enquanto andava, Rizzo assobiava feliz. Ele era ferozmente leal a Mickey Giambini, e ele apreciava tremendamente o seu trabalho.

DURANTE O JANTAR, KATIE CONTOU para Carol Grace sobre as melhorias que Alan tinha feito no galinheiro e nas outras dependências e o plano para comprar algumas galinhas no dia seguinte.

Carol Grace ficou animada.

"Galinhas? Realmente?" Carol Grace gritou com emoção e saltou da cadeira dela, batendo palmas. "De que tipo, mãe? E nós teremos um galo? Um que cante e tudo?"

Katie não conseguia fazer mais nada além de rir do entusiasmo da sua filha. "Sim querida, vamos ter um galo ... mas só um" Mais do que isso podemos ter problemas e vê-los lutar pelas galinhas."

"O que vamos fazer com qualquer galo extra?" perguntou adolescente.

Alan entrou na conversa. "Eu vou cuidar disso para você, Carol Grace. Está bem?"

"Como?" A suspeita estava começando a aparecer no rosto dela.

"Bem...," começou a Alan.

"Você está falando sobre comê-los, não é?", disse Carol Grace com uma voz de acusação.

Sim, estamos, Carol Grace," interrompeu Katie. "Nós já conversamos sobre isso, querida."

"Eu sei, mãe," disse Carol Grace, com uma cara de poucos amigos e com os olhos baixos. "Não vai ser fácil..." Então ela olhou para cima, e um pequeno sorriso apareceu nas bordas de sua boca... "Mas ele vai ser saboroso, não é?"

Katie moveu a cabeça em uma espécie de aceno, surpresa com essa mudança. "Vai ser sim, querida."

"Então é só eu não ficar presa aos galos." Disse a adolescente deixando a cozinha para ir para o quarto, deixando os dois adultos com as bocas abertas em descrença.

Fechando a boca, Katie disse, "Essa era a Carol Grace, ou uma impostora?"

"Não tenho certeza Katie." Respondeu Alan. "Ouça, enquanto estivermos na cidade amanhã, preciso fazer duas coisas: preciso falar com o Tenente Pyne e depois ir numa loja de artigos esportivos...

Katie balançou a cabeça. "Não vejo nenhum problema com isso, Alan."

RIZZO ENTROU DE VOLTA NO CARRO E O ligou. O chefe vai ficar feliz, ele pensou consigo mesmo.

Winstead tinha ido ao apartamento, mas o primo não estava. Rizzo não podia acreditar na sua sorte.

Depois de um pouco de "conversa", Rizzo viu que Winstead não sabia com certeza onde o outro policial, Blake, estava escondido. Mas, Winstead ofereceu uma sugestão de onde Blake poderia estar escondido.

Rizzo sorriu. Uma vez que ele conseguiu essa informação, ele terminou rapidamente com o sofrimento de Winstead, com uma bala rápida no cérebro dele.

O pequeno "problema" de Moses Turley poderia acabar em apenas um dia. Bastaria uma viagem até o Condado de Sardis.

O chefe pode até mesmo me dar um pequeno bônus de presente!

KATIE ESTAVA DORMINDO DE NOITE, quando algo lhe despertou.

Alguém estava em uma das cadeiras de balanço, na varanda da frente. Ela podia ouvir o ranger rítmico da cadeira.

Com os olhos bem abertos, pensando como chamar a atenção de Alan, com rapidez Katie saiu da cama. Ao invés de calçar seu tênis, ela foi descalça para o quarto de Carol Grace e lentamente abriu a porta.

Carol Grace estava dormindo, e roncando levemente.

Hmmm...Gostaria de saber se pode ser o Alan? Mas, ele não teria vindo aqui sem me dizer. Será que é ele?

A única maneira de descobrir era descer as escadas e dar uma olhada.

Em silêncio, devagar, um passo de cada vez... andando pelo lado esquerdo da escada para que não rangesse com o peso dela, Katie desceu. Ela ainda ouvia o ranger da cadeira de balanço. Lentamente ela se dirigiu, nas pontas dos pés, para a porta da frente.

Ao chegar perto da maçaneta da porta, ela pensou: *você realmente quer fazer isso?*

Ela olhou em volta e percebeu que não tinha ninguém perto dela para ajudá-la. Uma risadinha ameaçou surgir na garganta dela, mas rapidamente sumiu.

Katie virou a maçaneta lentamente, sem fazer nenhum som. Ela percebeu que tinha prendido a respiração. Delicadamente, ela abriu a porta da frente. As dobradiças bem oleadas ficaram em silêncio. Através da porta de tela, o som da cadeira de balanço ficou mais alto. Ao chegar à porta de tela, com a intenção de empurrá-la gradualmente, uma voz a assustou.

"Eu sei que você está aí," disse a voz. "Eu vim para falar com você, Katie Ballantine. Venha se sentar com uma feiticeira".

Katie, com o coração batendo descontroladamente, abriu a porta de tela ... apenas o suficiente para ver as cadeiras de balanço.

O luar revelou uma mulher sentada em uma das cadeiras. A mulher era velha e corcunda. Seu cabelo era ralo, cinza e amarrado em um coque na parte de trás da cabeça. Passaram anos desde que ela tinha perdido seu último dente, e seu rosto tinha uma aparência enrugada. O nariz dela tinha sido quebrado de uma só vez e inclinava-se permanentemente para o lado direito. Uma bengala de madeira ricamente esculpida estava firmemente plantada entre as pernas da mulher e as mãos dela repousavam sobre ela. Os óculos no rosto podiam corretamente ser chamados "óculos", porque eles eram grossos e na brilhante luz da lua, ampliava os olhos da mulher dez vezes, e ela se parecia com uma coruja. Ela usava uma saia amarela longa até o tornozelo, tênis e um pulôver vermelho limpo, mas desgastado pelo tempo.

Katie não sentiu nenhuma ameaça vinda da mulher. Ela saiu, foi para o alpendre e suavemente fechou a porta de tela, para não fazer nenhum ruído.

"Eu te conheço?", perguntou Katie tranquilamente.

A mulher inclinou a cabeça, e olhou para Katie. "Você deve me conhecer. Nos encontramos uma vez, você e eu. Você tinha apenas quatro anos de idade."

Katie estudou o rosto da mulher e, em seguida, abanou a cabeça. "Me desculpe, minha senhora, mas eu não me lembro de você."

A velha mostrou uma das cadeiras de balanço vazias. "Então, sente-se, filha, e eu vou te contar uma história."

Depois de um momento, Katie decidiu que ela não estava em perigo. Ela caminhou até uma das cadeiras e se sentou.

A velha sorriu. "Oh, criança, você se parece tanto com a sua avó!" A mulher fechou os olhos. "Mas eu posso sentir seu avô. Ele é uma parte de você, e você ainda não sabe, não é?

Katie balançou a cabeça. "Não, senhora, eu sei que Junior Ballantine me criou, juntamente com Nebbie, depois que meus pais morreram em um acidente de carro."

"Quanto você se lembra de sua família, Katie? A do lado do seu pai quero dizer."

Katie franziu a testa, e sua boca virou para baixo numa careta, enquanto ela pensava. "Eu me lembro de minha avó, mas pouco. Eu acho que foi no enterro do meu bisavô, mas não tenho certeza."

A velha balançou a cabeça. "Isso parece certo. Molly faleceu cerca de um mês após a morte do marido. O coração dela, partido, não resistiu. Foi duro para seu avô, perder os pais tão perto um do outro. "Ela acenou a cabeça com a triste lembrança. "Junior te contou sobre a mãe dele?"

Katie pensou e, em seguida, abanou a cabeça. "Não que eu me lembre. Tampouco a vovó.

A velha balançou a cabeça tristemente. "Eles nunca disseram nada a seu pai também. Ele não sabia como lidar com o que estava acontecendo. Ele não tinha com quem falar sobre isso. O acidente de carro, provavelmente não foi um acidente Katie. Seu pai estava dirigindo, e talvez ele tenha sido empurrado para o penhasco de propósito." A mulher olhou para Katie, como se esperasse que ela ficasse com raiva.

Katie, no entanto surpreendeu a mulher. "Já ouvi isso antes. A polícia especulou sobre isso porque havia marcas de derrapagem e o carro estava viajando num alto limite de velocidade. Eu aprendi a conviver com isso."

"Então deixe-me voltar para a família do seu avô. Katie, sua bisavó, Molly, era minha irmã. Isso faz de mim sua tia bisavó. Molly Ballantine, antes de se casar, era Molly Sardis. Eu sou Margo Sardis. Nós descendemos dos fundadores desta cidade, e eu sou uma bruxa, como era sua avó, seu avô, seu pai e você. A velha se inclinou para frente. " E também a sua filha Carol Grace."

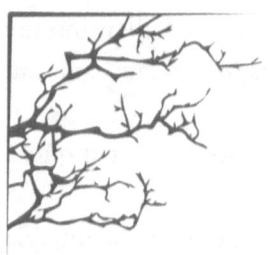

Capítulo 7

KATIE RIU ALTO. "OH, meu Deus! Você deve estar brincando!" Ela levantou e olhou para a velha. Senhora Sardis, se é você mesmo, acho que a senhora está delirando! Bruxas não existem! A não ser em filmes ruins, ou em conto de fadas. "Então, por favor, saia da minha propriedade agora e eu não chamo a polícia."

"Sente-se, Katie."

"Acho que não. Pedi para você sair e se você... "

"SENTE-SE!" Margo a interrompeu. Quando ela falou "SENTE-SE", ela bateu com a bengala no chão da varanda, e um clarão azul surgiu e envolveu Katie.! *Agora*, "por favor."

Katie sentou-se contra a vontade. O clarão azul cobriu-a e ela não tinha mais o controle dos seus músculos.

"Filha, você é minha sobrinha bisneta, e, embora você não tenha o sobrenome Sardis, você ainda é uma das últimas descendentes da família. Você vai tratar com respeito os mais velhos da sua família, você me entende?"

Katie balançou a cabeça, sem o brilho azul, forçando-a.

"Agora, se eu tirar minha magia de você, você vai se sentar e ouvir ou você vai tentar lutar comigo?"

"Eu vou ouvir".

Margo Sardis olhou para Katie, por um momento e, em seguida, acenou com a cabeça. Margo bateu a bengala de novo e a luz azul foi para o cabo da bengala.

Katie viu que era capaz de se mover livremente de novo. "Como você fez isso? Ou eu estou sonhando?"

"Isto não é um sonho, criança."

Katie olhou nos olhos da velha. "Então, você é realmente uma...."

Margo assentiu com a cabeça. "Uma bruxa".

Timidamente, Katie perguntou, "Você é uma bruxa boa ou uma bruxa má?"

"Eu não sou nenhuma das duas coisas. Sou as duas coisas. Tenho um acordo com Deus, e com o inimigo dele também. Eu sou simplesmente... uma bruxa. Sem mais, nem menos."

"Mas, a maioria das bruxas... não são más?"

A velha riu para si mesma. "Katie, as bruxas são como elas são baseadas em sua própria personalidade... como qualquer outra pessoa." Ela parou de balançar a cadeira por um momento. "Alguns me chamam de má... mas os que me chamam assim estão apenas com raiva porque eu dei a eles exatamente o que eles pediram. As pessoas não pedem coisas específicas, não pedem o que realmente querem. Às vezes eu tive que consertar as coisas para elas voltarem ao normal ... o mais normal que eu poderia conseguir."

"Eu costumava ouvir seu nome na escola, e diziam que você era uma bruxa, disse Katie. "Eu nunca acreditei que você fosse uma bruxa, e nunca tive qualquer idéia que éramos parentes!"

"Os teus avós acharam melhor não lhe contar sobre a sua herança ou o poder que você tem dentro de você. Fiquei calada, respeitando as escolhas do meu sobrinho. Quando seus pais morreram, eu me aproximei do seu avô novamente para te contar. Ele me pediu para esperar, que eles um dia lhe contariam. Então, você foi embora para a cidade, e eles morreram. Suas visitas aqui se tornaram escassas. "Margo se ajeitou na cadeira. "Quem me dera que você tivesse umas almofadas nessa cadeira, filha, Mas agora você voltou de vez, e a fazenda vai começar a extrair energia de você."

"O que você que dizer com isso?"

"Seu avô colocou um feitiço nesta fazenda. Você já notou que a aragem do solo foi sempre feita rapidamente? Que seus animais nunca ficaram doentes? Que eles sempre tiveram uma boa safra de tudo o que eles plantavam?"

"Verdade. Eu sempre achei estranho conseguir arar os campos em um dia. Normalmente, eram arados enquanto eu estava na escola."

A velha fez um gesto sarcástico. "Junior fez isso de propósito. Ele agia como se estivesse sempre cansado ... e *ele provavelmente* estava. Mas não era porque ele ficava trabalhando no trator o dia inteiro. Foi porque ele tinha que manter o foco na magia. Às vezes a magia saía de perto dele e ele tinha que trazê-la de volta." Ela fez um gesto sarcástico. Você deve ter ouvido a sua avó choramingando quando a magia *escapava*!"

Katie olhava a velha enquanto ria. Isso tem que ser um sonho. Não existem bruxas, e é impossível que eu seja uma. E muito menos a Carol Grace. Então a conclusão que eu chego é que eu estou sonhando. Ela se beliscou. Doeu. Ok, então eu estou sonhando que o beliscão doeu.

"Isto não é um sonho, criança," disse Margo, como se ela tivesse lido a mente de Katie. "Olha para cá."

Katie ergueu os olhos e fixou-os em Margo.

"Você tem problemas chegando para você, Katie".

Katie olhou confusa. "Problemas? Chegando de onde?"

"Eu não posso te dizer. As repercussões seriam demasiado grandes. Mas, confie em mim.

Problemas estão chegando, e dependerá de você e de Carol Grace enfrentá-los. Eu vou ajudá-las, mas não sei *quando* eles vão chegar então vocês duas talvez precisem enfrentá-los sozinhas. Não quero te assustar, mas vou te ensinar coisas que você pode usar para se proteger. Uma vez que eu tenha te mostrado o que fazer, nós duas vamos ensinar a Carol Grace como usar seu poder. Senão o fizermos, um dia quando ela ficar brava, algo pode explodir dela ... e não podemos deixar que isso aconteça."

"Ainda não acredito completamente em nada disso, tia Margo," disse Katie cautelosamente.

A velha sorriu. "Ahh, então agora é 'Tia Margo'. Você acredita mais do que pensa, criança. Ela se inclinou e deu um pedaço de papel para Katie. "Pegue isso".

Katie pegou o pedaço de papel. Quando ela olhou para ele à luz da lua, viu que tinha duas palavras escritas, mas ela não reconheceu o idioma. "O que é isso Tia Margo?"

Ignorando a pergunta, Margo perguntou, "você é destra – ou canhota?"

Curiosa, Katie disse, "Sou canhota".

"Estenda a sua mão como estou fazendo." Margo colocou seu braço esquerdo reto, apontou para um ângulo direito do seu corpo. A palma de sua mão estava longe de seu corpo, e os dedos dela estavam enrolados.

Katie copiou o movimento.

"Agora, diga as palavras que estão escritas, filha," disse Margo.

"Mas eu não consigo pronunciá-las!"

"Tente. A pronúncia virá para você naturalmente."

Katie balançou a cabeça em descrença e, em seguida tentou dizer as palavras. Para sua surpresa elas vieram naturalmente. Quando ela terminou, ela sentiu algo dentro dela em movimento, formando uma massa sólida, pulsante. A massa então se mudou para o braço dela e parecia brilhar num flash azul na palma da sua mão, como se o poder azul tivesse vindo de uma arma. Katie soltou um pequeno grito de surpresa e, em seguida viu a luz azul crescer formando um círculo em volta da fazenda, e depois sumir.

"Tia Margo! O que... o que foi isso? "perguntou a Katie.

Margo sorriu para sua sobrinha bisneta. "O que você acha que foi filha?"

Katie ponderou por um momento. "Eu ...eu senti... um feitiço de proteção."

Margo começou a aplaudir, pois estava feliz. Katie percebeu que a bengala continuava em pé, parada, apesar das mãos da velha não estarem segurando ela.

"Maravilhoso, Katie! Eu disse que viria naturalmente para você! Acredito que você tem feito isso há vários anos, sem saber o que estava fazendo!"

Katie balançou a cabeça em perplexidade. "Eu me pergunto por que nós nunca fomos assaltadas na cidade?"

Margo assentiu com a cabeça. "É verdade, Katie! Provavelmente você estava fazendo feitiços enquanto dormia." Ela apontou para o papel. "Esse feitiço especial só vai durar até amanhã de manhã. Você terá que repeti-lo todas as noites. Você ou Carol Grace"

Os olhos de Katie se arregalaram. "Você acha que a Carol Grace pode fazer isso, também?"

"Vamos descobrir amanhã ao pôr do sol, criança. Se ela não puder, você terá que fazê-lo sozinha. Agora, volte para dentro para descansar um pouco. Eu volto em um dia ou dois, e eu vou trazer livros para mostrar-lhe o que fazer."

Katie levantou-se, e Margo se empurrou devagar da cadeira onde estava sentada.

"Tia Margo, quer que eu a leve para casa? É muito tarde".

A velha fez um gesto sarcástico. "Nada acontecerá comigo, criança. Eu não sou uma bruxa?"

Katie sorriu. "Posso abraçá-la?"

A velha sorriu para Katie. "Melhor você me abraçar, menina. Você e Carol Grace s toda a família que me restou."

Katie abraçou a velha. Ela sentiu uma faísca entre elas quando se tocaram. Quando se separaram, Margo olhou dentro dos olhos de Katie.

"Fique a salvo, cuide-se criança e fique atenta! O problema virá quando menos você esperar, mas se você estiver preparada, você será capaz de lidar com ele facilmente. Eu vou te ajudar, é claro. E não se esqueça de ensinar a Carol Grace o que ela precisa saber sobre o feitiço de proteção.

"Sim, senhora," respondeu a Katie.

Margo olhou profundamente para os olhos de Katie por um tempo, um olhar tão longo que pareceu uma eternidade. Finalmente, ela balançou a cabeça concordando com ela mesma. Boa noite, filha. "Vou voltar em um dia ou dois e te ensinar mais coisas."

Katie balançou a cabeça como a velha tinha feito enquanto ela descia os degraus da frente. Katie ficou olhando Margo Sardis caminhar ao longo da estrada até que ela pareceu ser apenas uma lembrança da luz do luar.

Katie voltou para dentro da casa, trancou a porta da frente, subiu e foi para a cama. Ela se arrumou para voltar a dormir, confiante que o encontro com Margo Sardis tinha sido apenas um sonho.

NA MANHÃ SEGUINTE, O SOL BRILHOU EM todo seu esplendor na Fazenda do Junior.

O café-da-manhã dos três terminou rapidamente, e Carol Grace saiu para pegar o ônibus.

Katie lembrou-lhe para ser simpática com Mary Smalls e tentar fazer amizade com a garota.

"Mã-Mãe!"

"Sem essa de mamãe, Carol Grace. A garrota precisa de uma amiga e não consigo pensar em ninguém melhor do que você." Katie sorriu enquanto disse isso. Isto deve ter feito o efeito desejado.

"Oh, tudo bem, mãe. Eu vou fazer meu melhor."

Alan interrompeu, "se quiser minha opinião, as duas juntas vão se tornar uma equipe imbatível. Pelo menos, se acontecer uma guerra de espaguete, vocês vão ser as vencedoras."

Carol Grace tentou olhar zangado, mas acabou rindo enquanto corria para a porta.

Katie olhou timidamente para Alan. "Obrigado, Alan".

Alan sorriu de volta. "É bom quebrar a tensão. Ela só precisa se lembrar de se divertir e que coisas como as que aconteceram ontem não são o fim do mundo." Ele pegou toda a louça do café e levou-as para a pia. Depois ele se virou para Katie e perguntou: "Pronta para ir buscar os pintinhos?"

STANFIELD PYNE SENTIU ARREPIOS SUBINDO PELA SUA PELE. Ele estava olhando para o corpo do Detetive James Winstead.

O corpo de Winstead estava sentado em uma poltrona reclinável de couro, com a parte traseira inclinada ligeiramente para trás. Os olhos do detetive tinham sido removidos e colocados cuidadosamente sobre uma perna. Sua língua tinha sido cortada e colocada na outra perna.

A mensagem era clara: Winstead iria manter silêncio sobre o que ele tinha visto.

"Tenente?", disse o perito forense.

Pyne queria saber o que o Capitão iria dizer sobre isso. Ele também estava preocupado se Winstead podia ter dito aos Giambinis onde encontrar Blake.

"Tenente?" repetiu o perito forense.

Se Winstead tinha dito aos Giambinis onde Blake podia estar escondido, então o caso contra Moses Turley acabaria em breve. Os Giambinis não iriam parar até encontrar Blake, e eliminá-lo também. E a parte ruim é que Pyne não podia entrar em contato com Blake para avisá-lo. Teria que esperar Blake ligar para ele.

Isto não era uma boa coisa.

"Tenente!" disse o perito forense em voz alta.

"O que? O que você quer?" disse Pyne.

"Senhor, estamos prontos para mover o corpo, a menos que queira rever a cena."

Pyne abanou a cabeça. "Não, faça o que você tem a fazer. Eu terminei."

O Tenente virou-se e saiu do apartamento, dizendo uma oração e pedindo para Blake telefonar logo para ele.

"DUZENTOS PINTOS? VOCÊ TEM CERTEZA que podemos lidar com tantos? "perguntou Alan.

Katie sorriu. "Tenho certeza! Por que não?"

"Nós teremos que manter um olho neles quase todo o tempo, ou vamos perder muitos."

"Carol Grace pode ajudar com isso. Ela vai adorar."

"Tudo o que você quiser Katie."

"O homem ainda me deu um par de sacos de 20 quilos de ração... como eu poderia resistir?"

"Vamos ter mais ovos do que precisamos. Eu acho que podemos vender alguns."

"Com certeza... tenho que te pagar de alguma forma."

"Katie! Eu não estou na fazenda por causa do seu dinheiro! Não aceito um centavo, porque você está me ajudando a me esconder do vagabundo..." Ele parou quando viu o sorriso no rosto de Katie. "Sua impostora! Você está brincando comigo!"

Katie inclinou a cabeça para o lado, sorrindo. "O que te fez pensar isso, Alan?" ela perguntou tão inocentemente quanto possível. Então ela começou a rir.

Alan abanou a cabeça. "Não acredito como foi fácil você brincar comigo."

"Senhor, eu me ressinto dessa implicação!", disse Katie com uma indignação exagerada.

Os dois começaram a rir.

O agricultor que estava vendendo os pintinhos escolheu aquele momento para se aproximar deles. Com um sorriso ele disse: "É um prazer ver um casal ainda capaz de rir um com o outro."

Katie corou. "Não somos casados, senhor."

Alan, cujo rosto também ficou vermelho que nem beterraba concordou. "Não senhor, nós não somos casados." *Ainda*.

O fazendeiro riu. "Sinto muito, pessoal. Vocês parecem ...um casal ... juntos. Como se um pertencesse ao outro."

Katie, envergonhada, disse, "Vamos pegar esses pintinhos e levá-los para casa."

Mais tarde, com caixas de pintos no porta-malas e algumas outras no banco de trás do carro, eles começaram a voltar para a Fazenda do Junior.

"Alan?"

"Hmmm?" ele respondeu, distraído.

"Podemos conversar?"

Ele voltou sua atenção para ela: "Claro Katie."

Katie respirou. "Quando estávamos na escola, você se lembra de qualquer conversa sobre ..." Ela parou por um momento.

"Conversa sobre o quê?"

"Você já ouviu falar de...Margo Sardis?"

Alan ficou com um ar perplexo no rosto. "Quer dizer a bruxa?"

Katie balançou a cabeça.

Alan pensou nisso. "Bem... só as coisas do costume. Ela é uma bruxa, não se meta com ela, ela vai pegar os seus filhos... esse tipo de coisa". Ele olhou para ela. "Porquê?"

Katie franziu a testa. "Eu sonhei com ela ontem. Ou, pelo menos, acho que foi um sonho."

"Me conta."

Katie contou para Alan sobre o sonho, até a parte onde a velha sumiu da vista à luz do luar.

"Hmmm...Então, Katie Montgomery é uma Sardis? E uma bruxa? " Alan sorriu. "Você está me sacaneando de novo?"

"Não. Com certeza foi um sonho, Alan. Mas, parecia tão real!"

"Podemos verificar três coisas para ver se foi um sonho, se está te incomodando tanto."

"Como?"

"Em primeiro lugar, vamos parar no escritório do Billy e pedir para ele verificar no tribunal os registros de nascimento. Eles são obrigados a ter o nascimento do seu avô no registro e ter um registro dos seus pais."

"Sim, é uma boa idéia. Vamos fazer isso, enquanto nós estamos na cidade."

"Segunda coisa. Quando chegarmos em casa, mostre-me o pedaço de papel."

Katie tinha se esquecido do pedaço de papel, ou o que ela tinha feito com ele. Em seguida, ela se lembrou - ela tinha colocado na sua mesinha de cabeceira quando voltou para a cama...Pelo menos, no seu sonho foi onde ela colocou. Ela explicou isso para Alan.

"Ótimo, Katie."

"Qual é a terceira coisa?"

"Repita o processo."

"Quer dizer, tentar fazer o feitiço outra vez?"

"Claro! Assim todo o resto pode ser explicado. Mas, se você puder fazê-lo novamente, então você saberá que não foi um sonho."

Katie, com um sorriso nas bordas de sua boca, olhou de relance para Alan, "Você não parece preocupado com isso."

Alan deu de ombros. "Ei, eu já acho você linda e inteligente, se você ainda não percebeu. Sempre achei. E, se você é uma Sardis e uma bruxa?" Ele olhou para Katie. "O que é para não gostar? Tudo o que eu poderia esperar é que você goste de mim e esteja tão interessada em mim, como eu estou em você."

Katie corou enquanto virava o carro para o estacionamento do escritório do xerife.

"Alan, suas esperanças estão no caminho certo."

Katie saiu do carro, sorrindo para si mesma. Alan seguiu-a.

BILLY NAPIER OLHOU PARA OS DOIS SEM EXPRESSÃO NO ROSTO.

"Bem, eu posso responder uma pergunta para você, Katie: Margo Sardis é real, vive nas profundezas da floresta e há rumores de que ela é uma bruxa de verdade. Agora com relação a você ser descendente do clã dos Sardis, posso descobrir com um telefonema."

"Por favor, faça isso, Billy", disse Katie. "Eu preciso saber. Se a mãe do Junior era uma Sardis, gostaria de encontrar com a minha tia e convidá-la para ir lá em casa."

Billy sorriu um sorriso torto. "Parece que ela já sabe o caminho." Ele pegou o telefone.

"Ei, Billy, antes de você ligar, posso pedir um favor?" interrompeu Alan.

"Claro".

"Você tem um celular que não possa ser rastreável? Sabe um daqueles aparelhos baratos, pré-pago, que podem ir para o lixo depois de algumas chamadas? Preciso falar com o Tenente."

Billy abriu uma de suas gavetas. Sem dizer uma palavra, ele entregou um celular embrulhado para Alan.

"O pacote já foi aberto, mas apenas para carregar o telefone e adicionar os minutos. Com os meus cumprimentos, velho amigo."

Alan sorriu. "Obrigado, Billy. Por favor, me desculpem." Alan saiu do escritório.

Pegando novamente seu telefone, Billy disse, "agora, vamos cuidar de você, Katie."

ANDANDO PELO ESTACIONAMENTO, ele discou o celular. Alan sentiu um pequeno sentimento de ansiedade crescendo em seu estômago.

Algo ruim estava para acontecer.

Alan, às vezes, tinha palpites. Muitas vezes, esses palpites provaram estar corretos... e todos os bons policiais tinham.

O problema com esse palpite era que Alan não sabia se era o "Sonho" de Katie com Margo Sardis, ou se tinha algo a ver com a necessidade de verificar com seu tenente se tudo estava bem. Ele não sabia dizer o que era.

O número que Alan discou foi o telefone direto do escritório do Tenente Pyne e Pyne atendeu no terceiro toque.

"Pyne."

"Oi, Stan. Como está o antigo jogo de cartas?"

"Alan?"

"Primeiro e único."

"Graças a Deus!"

Alan sentiu um calafrio frio ao longo da espinha ao ouvir o tom de voz de Pyne.

"O que aconteceu, Stan?"

Pyne hesitou, e então falou com tristeza. "Winstead está morto, Alan."

Alan sentiu como se alguém tivesse um dado um soco no seu estômago. "Como?"

"Os Giambinis conseguiriam de algum jeito. Ele não se escondeu bem o suficiente."

"Oh, não, Stan!"

Pyne suspirou. "Elas também mataram os outros quatro caras do jogo. Você é a nossa última testemunha contra Turley, Alan."

Alan superou seu choque e sua tristeza pela perda de seu parceiro. "Eu entendo, Stan."

"Escuta Alan," disse Pyne. "Não quero saber onde você está. Mas Winstead pode ter dado aos Giambinis umas dicas sobre a sua localização."

Alan pensou. Se eles realmente "trabalharam" no James, ele lhes teria dito. Tenho que presumir o pior.

"É possível, Stan. Mas seria apenas uma dica... Não é um endereço, porque James não conhecia nenhum endereço meu."

Os dois homens ficaram em silêncio. Finalmente, Pyne disse "Alan, tenha cuidado. Você tem que permanecer vivo até que o júri se reúna. Caso contrário, o Turley fica livre."

"Quando é que vai ser a convocação do grande júri?", perguntou Alan.

Pyne lhe disse.

"Ok. Vou estar lá, Stan. Pode contar com isso."

RIZZO ESTAVA LEVANDO Mickey Giambini para o restaurante do Kenzie. Kenzie ficava perto das docas da cidade. Giambini e Rizzo, muitas vezes andavam em carros de aluguel, porque o carro de Giambini muita vezes, diversas vezes ao dia, era inspecionado para detectar explosivos e transmissores. Era um lugar seguro para se conversar.

"Na porra do Condado de Sardis? Que diabos esse maldito policial está fazendo lá?" Disse Giambini com raiva.

Rizzo, permanecendo calmo, disse, "Eu não sei, chefe. Mas o outro policial disse que este é o lugar onde Blake nasceu. Faz sentido que ele tenha ido se esconder lá."

Giambini ficou silencioso enquanto olhava pela janela, pensando.

Quando o carro parou no estacionamento do restaurante, ele falou.

"Rizzo, vá buscar Turley. Conta para ele sobre o Condado de Sardis. Diga-lhe que isto é problema dele. Se ele achar o policial, ótimo. Se ele não encontrar, eu lavo as minhas mãos." Ele começou a abrir a porta do carro, em seguida parou. "Fala para o Lesko começar a procurar, também. Eu não acho que vamos ficar com o Turley por muito tempo. Mesmo se ele encontrar o policial, ele é muito passivo. Agora se Turley encontrar o policial, eu quero que Turley cuide dele. Eu quero que você cuide de Turley, Rizzo."

"Claro, chefe."

Os dois homens saíram do carro e entraram no restaurante.

BILLY DESLIGOU O TELEFONE.

"Parabéns, Katie. Você é uma Sardis."

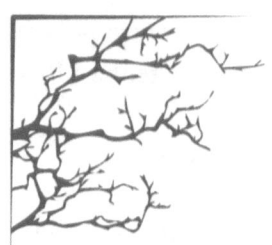

Capítulo 8

C arol Grace se sentiu como se ela estivesse começando seu primeiro dia na prisão.

Fiel à sua palavra, o Sr Wallace tinha reorganizado os horários de Carol Grace e Mary. Ele estava na porta esperando pelas duas meninas e pessoalmente as levou para a Sala de Suspensão, A professora, Sra Buckner, foi apresentada para as meninas e o Sr Wallace voltou para a sua sala.

"O Sr. Wallace deixou ordens específicas," disse a Sra Buckner. "Vocês duas vão se sentar em uma mesa nos fundos da sala, tendo apenas uma a outra como companhia. Vocês vão estudar durante todo o dia, vão ler e fazer o dever de casa. Vocês podem conversar apenas sobre os trabalhos da escola, o que será feito com moderação e só com a minha permissão. Eu gosto de silêncio. O almoço é às 11:00 horas no refeitório. Vocês vão se sentar juntas e podem conversar com quem quiserem, mas quando voltarem para cá, as regras serão as mesmas. Cada infração dessas regras vai adicionar um dia extra para o isolamento de vocês. Sugiro que vocês usem o bom senso. Agora, por favor, sentem-se na mesa do fundo."

Cuidadosamente ignorando-se mutuamente, Carol Grace Montgomery e Mary Smalls caminharam para o fundo da sala e sentaram-se em suas cadeiras. As duas abriram suas mochilas, pegaram seus livros de Historia Mundial e começaram a estudar. Enquanto liam, elas descobriram que estavam lendo na mesma velocidade e virando as páginas ao mesmo tempo. As duas meninas descobriram isto ao mesmo tempo e cada uma deu um suspiro dramático e frustado. Cada menina enfiou a mão na mochila, e perceberam que ambas estavam fazendo a mesma coisa, no mesmo momento.

Seus olhos se encontraram. Cada menina puxou lentamente um livro.

As duas garotas tinham escolhido o livro de Literatura Inglesa.

Com os olhos arregalados, uma olhou para a outra. Mary levantou um dedo, como se dissesse, "Vamos tentar mais uma vez". Carol Grace concordou com a cabeça. Elas abriram suas mochilas, olharam para dentro da mochila, uma olhou para a outra, e pegaram um livro.

Ambas tinham pegado o livro de Álgebra.

Um riso selvagem começou a borbulhar dentro de Carol Grace. Mary podia vê-lo chegando e abanou desesperadamente a cabeça, apontando para uma folha de papel, que alguém tinha deixado para trás.

Carol Grace lutou muito e finalmente conseguiu sufocar a risada. Seu rosto estava vermelho do esforço. Ela pegou a caneta e fez um sinal para Mary.

Mary escreveu: "O que está acontecendo?"

Carol Grace escreveu, "Eu não tenho idéia!"

Mary: "alguma coisa deve estar causando isso!"

Carol Grace: "é como se fôssemos fantoches ou algo parecido!"

Mary assentiu com a cabeça e, em seguida escreveu: "Eu desejo que a Sra Buckner saia por alguns minutos para que a gente possa conversar!"

Carol Grace assentiu com a cabeça e escreveu: "Eu também! Quem me dera que ela tivesse algumas tarefas a fazer fora da sala!"

Por trás delas, as meninas ouviram uma cadeira raspar violentamente contra o chão. Elas viraram para ver o que tinha causado o barulho, e viram a Sra. Buckner andando rapidamente em direção à porta com a mão tentando controlar suas nádegas.

"Comportem-se, meninas! Eu... Oh... Oh...volto daqui a pouco!" disse a Sra. Buckner.

A professora saiu da sala.

Carol Grace e Mary olharam uma para a outra, com olhos arregalados e com a boca aberta. As duas começaram a sorrir e, em seguida desataram a rir.

Mary disse, "Carol Grace, não sei o que está acontecendo, mas claro que estou gostando!"

"Eu também não tenho idéia do que está acontecendo Mary...mas estou gostando também!" Carol Grace pensou por um minuto "É como se tudo o que desejarmos pudesse acontecer!"

As duas meninas pararam de rir.

Mary disse em voz baixa, "Acha que devemos desejar que a diarréia as Sra Buckner passe?"

"Não gostaria que ela ficasse doente," respondeu Carol Grace.

"Eu também não. Eu gostaria que ela voltasse agora."

"Eu, também."

A porta se abriu, e a Sra. Buckner voltou para a sala, olhou de relance para as meninas e sentou-se na mesa para ler.

As meninas trocaram olhares significativos. A amizade tinha começado... e muito em breve seria cimentada.

BILLY ESTAVA LEVANDO Katie para fora do escritório. Katie ainda estava tentando assimilar em sua mente que ela descendia da linhagem dos Sardis. Isso significava que o sonho dela sobre a visita de Margo...*não tinha sido um sonho?*

As implicações desta revelação inundaram a mente dela. Agora ela entendia muita coisa que aconteceu ao redor da fazenda quando ela morava lá.

Mas por que a Avó e o Avô tinham mantido tudo escondido dela? Do que eles tinham tido medo?

E, Katie pensou, *se eu posso fazer o que eu fiz ontem à noite... o que mais eu posso fazer?*

Ela e Billy encontraram Alan encostado no carro, preocupado, com o olhar perdido.

Katie percebeu que algo estava incomodando Alan. Ela tocou no braço dele e olhou para seu rosto: "Alan o que aconteceu?"

"Sim, o que aconteceu amigo? Aposto que não é maior do que vou te contar: Katie é uma Sardis!"

Alan olhou para os dois, distante a princípio, depois pensando mais acentuadamente no que o seu amigo tinha dito. Ele pegou na mão de Katie e segurou-a firmemente. "É mesmo? Uma Sardis ...?"

Katie começou a acenar e terminou a frase. ".... como Margo Sardis me disse. Estou começando a achar que não foi um sonho, Alan. Mas eu quero saber o que aconteceu. Como foi o seu telefonema?"

Alan hesitou, respirou fundo e decidiu contar-lhes tudo. "Eu liguei para o Tenente Pyne para descobrir quando o júri vai se reunir... só para checar. Mas Pyne me deu péssimas notícias. Os Giambini mataram todas as testemunhas contra Moses Turley... menos eu. Ontem eles mataram James Winstead. E, a pior parte é que James pode ter mencionado o Condado de Sardis como um de meus possíveis esconderijos." Ele olhou para baixo. "Eu odeio dizer isso, mas James deve ter falado se porventura ele tenha sofrido muito antes de morrer."

"Oh, cara, isso é horrível," disse Billy. "E agora o que você quer fazer?"

"Bem, eles ainda não me encontraram" disse Alan. "Eu acho que se eu "me fingir de morto" as chances são boas de que eles não me encontrem. Mas... ainda temos que nos preparar. Katie, se importa se eu ficar com Billy por um tempo? Você consegue tomar conta de todos os pintinhos sem mim?"

Katie assentiu com a cabeça e disse "Claro que posso!"

Para Billy, Alan disse, "será que você pode me aguentar mais um pouco?"

"Com certeza".

"Katie, vá para casa. Eu vou para lá mais tarde... está bem? "

Katie concordou balançando a cabeça. "Ok, Alan. Por favor, tenha cuidado." Então, rapidamente ela ficou na ponta dos pés e beijou os lábios de Alan.

Os dois homens ficaram de boca aberta enquanto Katie ia embora.

A SRA. BUCKNER ESCOLTOU CAROL GRACE E MARY PARA O refeitório da escola.

"Vocês têm trinta minutos para almoçar. Podem se sentar juntas ou separadas, como preferirem. Vocês podem conversar com quem quiserem. Espero vocês na sala em exatamente trinta e cinco minutos. Entendido, meninas?"

"Sim, senhora," disseram as duas meninas em uníssono.

Buckner se virou e foi embora na direção da sala dos professores.

Entrando no refeitório, Carol Grace e Mary estavam conversando sobre os acontecimentos daquela manhã. Elas tinham tentando algumas experiências após a volta da Sra Buckner para a sala e os resultados tinham sido sempre o mesmo.

Então, as meninas chegaram a uma conclusão: algo estava vigiando-as. E estava concedendo todos os desejos delas e mantendo-as longe de problemas.

Pelo menos com a Sra. Buckner. Até agora.

Na fila do almoço, Mary disse a Carol Grace, "Uau. Espero que tenha uma mesa vazia."

"Eu também" respondeu Carol Grace.

Ao deixarem a fila com suas bandejas, outros estudantes desocuparam uma mesa. As meninas se sentaram.

Carol Grace disse, "Ei. O que você acha sobre de ir para a fazenda neste fim de semana?"

"Eu gostaria Carol Grace."

"Talvez a mamãe deixe você ficar todo o fim de semana. Isto é, se sua mãe não se importar."

"Mamãe não vai se importar. Acho que, depois de ontem, a mamãe mudou de idéia sobre a sua família. E eu mudei minha opinião sobre você," disse Mary.

"Oh, espero que sim!" respondeu Carol Grace. "Eu sei que eu estava errada sobre você, Mary."

"Ah... que cena linda?", disse uma voz ao lado da mesa. "A novata está ficando íntima da filha da puta viciada em crack! Isto só...só aquece o meu coração!"

Quem falou foi uma garota, obviamente, alguns anos mais velha que Carol Grace e Mary. Ela estava vestida com roupa de líder de torcida e era muito bonita. Seu cabelo ruivo estava puxado para trás em um rabo de cavalo. Um dragão bordado, vomitando fogo de sua boca, adornava a frente do vestido da líder de torcida, com a inscrição "PHS Dragões" e com um círculo em volta que ia da cabeça ao ombro do dragão. As cores, é claro, eram vermelha e branco.

Outras duas garotas, obviamente amigas da líder de torcida, ficaram uma em cada lado dela. Elas estavam vestidas em roupas normais, e ambas eram muito bonitas também.

Lágrimas formaram-se imediatamente nos olhos de Mary ao ouvir o que falaram de sua mãe. Ela olhou para o seu prato e disse. "Minha mãe não é uma puta."

A líder de torcida cruzou os braços. "Realmente". E disse mais como uma afirmação do que como uma pergunta. Ela se inclinou sobre a mesa, quase no rosto de Mary. "Então, por favor, diga o nome do seu pai."

Mary não disse nada. As lágrimas agora rolavam livres em seu rosto até as suas bochechas "Vá embora, Teresa."

Teresa, a líder de torcida, ficou de pé. "Estão vendo? Tal como eu disse. Prostituta."

Mary cobriu o rosto com as mãos e começou a chorar.

Carol Grace começou a ficar com nervosa e irritada. Ela esperava que Mary fosse enfrentar a líder de torcida, mas parecia que Mary não estava à altura da tarefa. Medo e vergonha estavam segurando a menina.

Carol Grace tinha visto meninas como esta na cidade. Elas eram rápidas para julgar os outros quando elas sentiam que eram melhores do que as outras pessoas.

Na cidade ela ficava com raiva dessas meninas.

Hoje, ela estava furiosa.

"Para trás, sua puta vaidosa," disse Carol Grace tranquilamente.

A líder de torcida voltou sua atenção para Carol Grace. Teresa, como Mary a tinha chamado, cruzou os braços, levantou suas sobrancelhas e moveu a cabeça para frente e para trás como se dissesse: "por que, novata?"

"Ela é minha amiga," respondeu Carol Grace simplesmente.

"E você vai defendê-la? Oh, por favor!" A líder de torcida inclinou-se para perto de Carol Grace. "Alguém que defende a filha de uma puta viciada em crack, deve ser uma puta, também. Me diz, quanto você cobra, e eu vou informar para o time de beisebol!"

Começou a aparecer raiva nos olhos de Carol Grace, e ela olhou para a líder de torcida. "Quem me dera seu cabelo caísse, sua família perdesse todo o dinheiro e sua bunda ficasse tão grande que não coubesse no seu vestido de líder de torcida!"

"Oh, realmente!", disse a líder de torcida, ao ficar ereta novamente. "Bem, se desejos fossem cavalos, filhas de puta viciadas teriam um monte deles!" Ao terminar essa frase, ela jogou a cabeça dela para trás, o que fez com que o eu rabo de cavalo ficasse girando no ar. Mas, o rabo de cavalo continuou girando pelo ar, mesmo depois que a cabeça da garota tinha parado. O rabo de cavalo pousou no prato de uma outra aluna que estava sentada duas mesas longe das meninas. O resto da mesa saltou fora de suas cadeiras com gritos de "Ewww!" e "Bruxa"! O restante do cabelo da líder de torcida caiu no chão lentamente, como se fossem flocos de neve flutuando Ela colocou as mãos na cabeça e gritou quando percebeu que a maior parte do cabelo dela tinha caído.

Carol Grace e Mary encararam essa mudança repentina com surpresa em seus rostos. Elas olharam ao redor e perceberam que todo mundo na cantina estava olhando, também.

A líder de torcida começou a gritar novamente. Com todo mundo olhando maravilhado, as ancas e as nádegas da menina começaram a crescer, cada vez maior...e maior...e maior. A largura dos quadris dela facilmente tinham dobrado de tamanho, Os shorts dela começaram a se dividir ao longo das costuras em ambos os lados, até que chegaram ao elástico na parte superior. A faixa estava tão firmemente esticada que obviamente estava machucando a cintura da líder de torcida a ponto de quase cortar sua circulação. Ela foi salva da gangrena, quando a correia quebrou como um elástico. As nádegas da menina incharam e cresceram até que pareciam um exagero e era comumente chamado de uma "bunda debolha". As roupas íntimas estavam desfiadas ao longo de cada costura, e a parte superior com elástico compartilhava o mesmo destino que o elástico dos shorts da líder de torcida. Quando suas nádegas pararam de expandir, a bunda da garota tinha crescido num tamanho desproporcional.

As pessoas que estavam no refeitório, e tinham visto o crescimento ultrajante dos quadris da líder de torcida, não conseguiram se conter. Começaram a rir ruidosamente do absurdo que tinha acontecido.

Mas, a humilhação para Teresa continuou. Ainda gritando, ela começou a correr em direção a saída do refeitório. A líder de torcida escorregou em alguns alimentos que alguém tinha deixado cair, e ela levou um baita escorregão. Ela caiu com força ... para trás. Quando ela tentou se levantar, a garota descobriu que a única maneira que ela conseguiria ficar de pé seria se sentar na sua parte inferior, até que ela pudesse ficar de joelhos e aí sim se levantar. Ela correu o resto do caminho até a porta.

Em meio as risadas do refeitório, Mary disse a Carol Grace, "Temos um gênio ou algo assim?"

"EU PRECISO DE ALGUMAS ARMAS, Bill," disse Alan.

Alan e Billy estavam dentro do carro do xerife, dirigindo-se para a loja "Perry Armas e Munição".

É para onde estamos indo agora," disse Billy. "O dono da loja de armas acredita que é sempre bom estar preparado. Ele é um sobrevivente... mas, ele é um bom homem. Ele é equilibrado, e não é louco sobre o assunto. A diferença com ele é que ele está sempre disposto a ajudar alguém. Ele deve ter muitas coisas para fazer as coisas... difíceis... para Moses Turley."

Alan acenou com a cabeça. "Isso me soa bem". Ele hesitou. "Ela me beijou, Billy."

Billy sorriu. "Eu vi."

Alan abanou a cabeça e disse: "Eu ainda não estou acreditando que aconteceu."

Billy deu de ombros. "Não vejo nenhum problema. Ela gosta de você, Alan... talvez ela queira ser mais do que sua amiga. Não é isso o que você quer desde o colégio?"

"Sim, mas não desta forma, Bill," disse Alan. "Não quero colocar Katie e Carol Grace em perigo. Prefiro que Turley me mate do que colocar uma delas em perigo.. ou pior." Ele balançou a cabeça tristemente. "O trabalho de policial não permite uma vida pessoal... ou uma família."

"É por isso você nunca se casou?"

Billy olhou para o amigo dele. "Você sabe a resposta para esta pergunta."

"Bill, faz tanto tempo. Phoebe pode ter se recuperado dos vícios, mas esse é o ponto: ela está conseguindo!"

"Droga, Alan! A culpa nunca foi a bebida ou as festas! Mas a traição!"

"Billy, ela jurou que na festa alguém colocou algo na cerveja dela, e que ela foi estuprada. Eu acreditei nela, então, e eu ainda acredito nela. Você também deve acreditar, se você alguma vez gostou dela."

Billy não respondeu.

"Você terminou com ela, cara .... e somente porque ela foi estuprada. Há quanto tempo que você é policial? Você deve saber tudo sobre estupro, então como pode dizer que foi traição? Até agora, tenho certeza que foi estupro."

"Alan. Mesmo se ela foi estuprada, porque a bebida? Porque as drogas?"

"Billy, ela foi estuprada, ficou grávida, foi expulsa de casa pelos pais e foi largada pelo homem que ela amava. Ela provavelmente sentiu como se ninguém se importasse com ela...como se ela só fosse boa para algum traste. O que você faria nessa situação?" Alan abanou a cabeça. "Tudo o que estou dizendo é que você deveria dar uma segunda chance, cara."

Amor não cresce em árvores, mas você tem que alimentá-lo para fazê-lo crescer. Ela merece isso, "Bill... como você merece a chance de pedir a ela para te perdoar."

Depois de um momento, Billy disse, "A Katie não sabe nada sobre isso, certo?"

Alan abanou a cabeça. "Não. A menos que Phoebe tenha dito para ela e eu duvido que isso tenha acontecido. Tudo o que ela sabe é que Phoebe ainda se preocupa com você. E Carol Grace, digamos que ela está sendo forçada a passar um tempo com Mary."

Billy riu. "O que aconteceu?"

Alan contou para Billy a história da luta entre Carol Grace e Mary na cantina. Ele então contou para Billy sobre a primeira vez que ele conheceu Carol Grace. Quando ele acabou, os dois homens estavam dando gargalhadas.

"Uau", disse Billy, balançando a cabeça e rindo. "A garota é um dinamite!"

"Ela não voltou atrás, com certeza. Estou descobrindo que a Katie é da mesma maneira."

"Alan, velho amigo, se Katie atualmente é como era no colegial, você ainda não viu nada."

Billy virou o carro para o estacionamento da loja "Perry Armas e Munição."

"Vamos às compras," disse Billy, e saíram do carro.

A SAUDAÇÃO QUE KATIE RECEBEU QUANDO chegou ao fim da calçada em frente a casa da fazenda era exatamente a que ela esperava.

Margo Sardis estava sentado na varanda da frente, na cadeira de balanço, a mesma que ela tinha usado na noite anterior.

Katie sorriu apesar de suas dúvidas. Esta era a tia dela, afinal de contas.

Katie saiu do carro e acenou. "Oi, tia Margo!"

"Olá, filha."

Katie foi até o topo da escada "Você ficará bem por alguns minutos, tia Margo? Dentro do meu carro, eu tenho pintinhos para alimentar, e eu preciso colocar essas crianças com segurança na gaiola."

Margo riu. "Deixe-me te ajudar com isso, Katie."

"Tem certeza que não tem problema? Os filhotes não pesam muito, mas os sacos de ração são de vinte quilos."

"Bem, eu certamente não vou recusar qualquer ajuda! Deixe-me pegar um dos sacos de ração, e.... " Ela não terminou a frase.

Margo deixou a cabeça cair para baixo, como se estivesse a rezar e murmurava palavras que Katie não conseguia ouvir. Margo então levantou a bengala e a manteve em um ângulo reto e apontou o braço em direção ao carro. Um raio azul de energia piscou por cima do cabo envolvendo o carro, e em seguida, desapareceu. Assim como os filhotes e os sacos de ração.

"Tudo feito, sobrinha," disse Margo calmamente. "Os pintos já estão alimentados, com água para beber e estão em segurança sob as lâmpadas de calor. E a ração já está guardada."

Katie só conseguiu olhar para o carro, tentando acreditar no que ela tinha visto.

"Katie, o gato comeu a sua língua?" perguntou Margo.

Katie balançou a cabeça. "O que foi ... o que você...Eu não..."

Margo assentiu com a cabeça. "Sim, Katie. Foi mágica o que, eu fiz, e eu sei que você não sabe fazer... mas estou aqui para te ensinar."

UMA MERCEDES PRETA CORRIA AO longo da rodovia interestadual, indo para a entrada do Condado de Sardis. Estava com quatro homens dentro, dois na frente e dois nos bancos detrás.

Um dos homens que estava atrás era Moses Turley. Os outros eram os homens que tinham sido presos com Turley. Eles estavam andado por uma hora.

Finalmente, o homem sentado no assento do passageiro da frente disse. "Ei, Mose, nós sabemos onde esse policial está escondido?"

Turley abanou a cabeça. "Não. Tudo o que Rizzo conseguiu saber com o outro policial foi que Blake poderia estar no Condado de Sardis. Ele disse que Blake cresceu lá."

"Os pais dele ainda moram lá, ou algo assim?"

"Os pais do policial estão mortos, Tolani," respondeu Turley.

Os outros dois homens, Joe Flore e Gino Blasi, ficaram em silêncio assim como Turley e Tolani falou.

"Ele tem outros parentes?", perguntou Tolani.

"Não," respondeu Turley.

Alguns momentos se passaram.

"Então, o que você está dizendo ' é que não sabemos se o policial está mesmo no Condado de Sardis?" se aventurou Tolani.

"É isso mesmo, Tolani," respondeu Turley.

Outro pausa curta ... então Tolani disse, "Mose, se não sabemos se ele está lá, por que estamos indo?"

Turley explodiu e bateu na cabeça de Tolani com um jornal. "Santa Maria mãe de Deus, Tolani! Estamos indo por duas razões. A primeira é que ele pode estar lá, e, se ele estiver, nós vamos matá-lo! Segunda, Rizzo e Mickey Giambini mandaram a gente ir, seu retardado mental! "

Tolani tinha se encolhido quando Turley bateu na nuca dele e agora ficou em silêncio.

Vários minutos se passaram.

Finalmente, Tolani quebrou o silêncio. "Nós vamos conseguir um quarto de motel, Mose?"

Turley respirou fundo, tentando se acalmar, antes de responder. "Não, nós vamos encontrar uma fazenda bem suja, com o chiqueiro mais sujo, e nós vamos dormir na lama com os porcos! Claro que vamos conseguir um quarto de motel!" Turley respirou profundamente. "Vamos ficar em Perry. Nós vamos ser estranhos, então temos que ter cuidado. Eu vou dar a cada um de vocês uma foto de Blake, e então vamos começar a fazer perguntas. Alguém vai ter visto ele, se ele estiver lá. Pode levar alguns dias, mas, se ele estiver lá, nós vamos encontrá-lo."

O carro acelerou na estrada em silêncio por vários minutos.

"Ei, Mose?" disse Tolani.

Turley bateu atrás da cabeça de Tolani com o jornal várias vezes e, em seguida, jogou os restos esfarrapados no banco da frente.

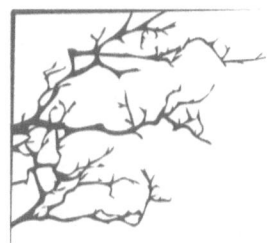

Capítulo 9

CAROL GRACE E MARY FIZERAM APENAS MAIS um desejo naquele dia. Desejaram que a líder de torcida voltasse ao normal. Depois disso, elas decidiram esperar até que elas pudessem conversar livremente sobre o ocorrido, e elas não poderiam fazer isso na escola.

A saída da escola era todo dia às duas e meia da tarde. Às duas e meia, a Sra. Buckner dispensou as meninas.

"Espero que tenham uma boa noite, meninas," disse Buckner. "Hoje vocês se portaram bem. Vamos ver amanhã."

Assim que as garotas foram para o corredor, elas começaram a conversar.

"Então, por que não chamamos as nossas mães agora?", disse Carol Grace. "Você será capaz de ir para a fazenda no ônibus sexta à tarde!"

Mary abanou a cabeça. "Eu não posso. A mamãe está trabalhando no Mercado Mackie agora. Não posso telefonar para ela, a menos que seja uma emergência. Ela sai às seis. Eu vou pedir para ela e telefono para você de noite."

Elas chegaram à porta que leva aos ônibus escolares. Impulsivamente, Carol Grace abraçou Mary firmemente.

"Mary, estou tão triste com o que aconteceu antes."

"Eu também, Carol Grace. Mas, isso já acabou!"

Carol Grace sorriu para sua nova amiga. "Falo com você hoje à noite!"

"Ótimo!"

Cada uma foi em direção ao ônibus que iria levá-las para casa.

"PUXA VIDA, ALAN! VOCÊ ACERTOU NA MOSCA!"

Alan e Billy estavam andando até o carro do xerife. Os dois homens carregavam tudo o que podiam carregar: dois fuzis, três espingardas, três revólveres, várias caixas de munição, quatro latas de spray de pimenta, algumas granadas e outras miudezas. A artilharia custou uma fortuna para Alan, mas tinha valido a pena.

O próximo passo de Alan deixou-o preocupado. Ele teria que convencer a Katie que não era apenas necessário ter toda essa munição, mas que ela e Carol Grace teriam que aprender a usar tudo, se porventura já não soubessem. Ele iria ensiná-las não apenas como atirar e o mais importante: *quando* atirar.

"Billy, posso precisar da sua ajuda para convencer a Katie que tudo isto é necessário."

Billy sorriu. "Não há problema, Alan. Ela vai ouvir."

"Obrigado. Isso vai ser ótimo. Se algo acontecer a ela ou a Carol Grace por minha causa, acho que eu nunca me perdoaria."

"CONCENTRE-SE, KATIE," disse Margo. "As palavras são uma parte importante de um feitiço, mas o poder está dentro de você, e você tem que se concentrar para fazê-lo funcionar. Agora, tente de novo."

"Sim, senhora," disse Katie.

Margo tinha ensinado a Katie o mesmo feitiço de proteção da noite anterior, para que Katie pudesse renová-lo todas as noites. Agora, ela estava ensinando um novo feitiço...Katie tinha que fazer com que os campos estivessem arados e prontos para o plantio. Era muito mais difícil do que Katie tinha previsto.

Katie podia sentir o poder dentro dela mesma, e parecia esmagador. O poder, no entanto não era o problema. Focar seu controle no poder ia levar algum tempo de muita prática.

"Imagine o que você quer que aconteça, até que isso seja tudo o que você possa ver em sua mente e, em seguida, solte o poder," disse Margo calmamente e em silêncio. "O que você imaginar acontecendo vai se tornar realidade."

Katie começou a focar. Ela pensou nos campos arados e prontos para o plantio. Ela se concentrou até que chegou a um ponto que isso era tudo o que ela podia ver na sua mente e, em seguida, ela lançou o poder. Fluiu de dentro dela indo até o final dos seus braços, tornando-se uma pálida luz azul que brilhava com um propósito intenso. Ela sentiu o poder deixando-a e se espalhando por todos os campos, tornando o seu comando uma realidade. Ela abriu a mente dela e viu que os campos estavam prontos, até a última gota de fertilizante. Katie fez o poder recuar de volta para dentro de si mesma. Quando o poder se tornou mais calmo, Katie suspirou pesadamente e se afundou na cadeira de balanço na varanda da frente. Pitoco estava entre as duas mulheres, a cabeça no colo delas, dormindo. E pensar que há alguns dias, ela não acreditava em magia!

"Tia Margo, foi emocionante! Divertido e cansativo!"

Margo sorriu para sua sobrinha. "Tenho certeza de que foi, Katie. Lembro-me do primeiro grande feitiço que eu fiz – me senti cansada por dois dias!"

As duas mulheres sentaram-se tranquilamente na varanda por um tempo. Katie estava espantada em como rapidamente ela tinha aceitado em sua mente o fato de que, não somente ela era uma Sardis, mas era também uma bruxa!

Uma pergunta veio à mente de Katie, e ela perguntou: "Tia Margo, e Carol Grace? Ela também tem o poder dentro dela?"

Margo estava silenciosa, olhando para os campos. Quando Katie fez a pergunta novamente, Margo respondeu. "Provavelmente, mas não tenho certeza." Ela olhou para Katie. "Tenho medo de que o poder possa estar se enfraquecendo enquanto desce a linhagem ancestral. Nós vamos descobrir. Agora, estamos trabalhando em você."

Katie balançou a cabeça.

"Agora, não se esqueça de fazer o feitiço de proteção hoje à noite, Katie," lembrou Margo.

"Tia Margo, por que esse feitiço é tão importante?" perguntou Katie.

A princípio, Katie achou que Margo não iria responder. Margo olhou para fora sobre os campos, olhando aqui e ali, até que finalmente ela olhou de volta para a varanda. "Katie o feitiço é para proteção contra certas... coisas... que podem estar rondando a fazenda."

"Coisas"? Katie perguntou timidamente.

Margo assentiu com a cabeça e, em seguida, acenou com a cabeça mais uma vez como se ela tivesse que fazer uma escolha. "Há pouco tempo, tenho vergonha em dizer, vendi a um homem um feitiço de convocação."

"Por favor, continue, tia Margo."

"Paciência, criança, não me orgulho do que fiz," replicou Margo. "É difícil falar sobre isso, mas é uma coisa importante para você saber. Não quero que você cometa o mesmo erro." Ela olhava nos olhos de Katie. "Lembra o que eu disse sobre dar às pessoas exatamente o que elas pedem?"

Katie balançou a cabeça. "Sim, senhora."

"Então esqueça! Eu estava errada!" disse Margo veementemente. "Há pouco tempo, um homem chamado Ricky Jackson veio me pedir um feitiço de convocação. Eu sabia que ele o queria para invocar o espírito de sua falecida esposa, mas ele não disse isso. Ele só pediu uma convocação mágica," Margo fez uma pausa. "Eu já fui jovem, você sabe."

"Claro que você foi, tia Margo."

"Oh, Katie, foi há tanto tempo... roubando tempo, vem a noite que rouba os anos! Mas o coração, filha... o coração sabe o que quer e, anos atrás, o meu queria Ricky Jackson." Uma pequena lágrima brotou do olho de Margo e deslizou silenciosamente, quase cautelosamente, pelas faces da velha. "Mas, ele caiu de amores por outra mulher e se casou com ela. E eu fiquei com ciúmes! Depois fiquei com inveja e me peguei fazendo um feitiço que literalmente mataria os dois! Mas, de alguma forma, me acalmei e parei de fazer o feitiço. Achei que o casamento deles não iria durar muito, e, quando acabasse, Ricky viria ficar comigo. Mas, o tempo veio rastejando e roubando os anos, e ele continuou casado ... e continuou. Ela faleceu há alguns anos, e Ricky recentemente me procurou para o feitiço de convocação." Margo fungou e limpou as lágrimas de sua bochecha. E, Deus me ajude, eu dei a ele."

"O que aconteceu?" perguntou Katie tranquilamente.

Margo não disse nada por um longo tempo. "Eu dei para ele um feitiço de convocação habitual. Funcionou melhor do que eu esperava. Ricky convocou um "Cão do Inferno."

Os olhos de Katie se arregalaram.

"Ele não poderia matá-lo, porque ele não conseguia pegá-lo," continuou a Margo. "Ele ficou preso dentro de um pentagrama por vários meses, porque o Ricky não sabia como se livrar dele. Então, um dia, alguns garotos da escola foram na propriedade do Ricky fazer alguns trabalhos gratuitos para ele. Acidentalmente liberaram o "Cão do Inferno", que matou um deles. Os outros dois garotos e o Ricky, apareceram na minha casa me pedindo ajuda." Margo novamente deu uma pausa. "O cão do inferno foi convocado através de uma porta do inferno. Uma vez que o cão estava solto, a porta ficou aberta. Alguns aventureiros se aproveitaram da oportunidade e vieram para o Condado de Sardis antes da porta fechar novamente. "Margo suspirou profundamente. "As crianças mataram o cão do inferno e nos salvaram... mas Ricky desapareceu. Eu acho que alguma coisa o pegou." Com o olhar assombrado Margo viu os olhos de Katie cheios de lágrimas. "É para isso que o feitiço de proteção serve, Katie... as coisas que vieram ainda estão no Condado de Sardis. E eu não sei o que são, ou onde estão... mas, não quero que se concentrem em mim ... ou em você. " Ela inclinou-se e colocou a mão de Katie na dela. "Não quero que ninguém mais que eu amo sofra por causa da minha própria vaidade estúpida."

Katie, não sabia ao certo o que dizer, apenas apertou a mão de sua tia na sua própria mão... ... mas, em consideração a idade de Margo, apertou levemente.

"Quantos você acha que vieram?", perguntou Katie.

Margo abanou a cabeça. "Não faço a mínima idéia, filha. E isso me assusta."

Elas ouviram o som do ônibus de Mary McKinnon, que vinha ao longo da estrada em direção a fazenda.

"Oh, é a Carol Grace!", exclamou Katie. "Nossa, como o tempo passou rápido? Tia Margo estou tão feliz que você finalmente vai ter a chance de conhecê-la!"

"Também estou feliz, filha. Eu realmente estou." Margo sorriu.

"Ela realmente vai ficar surpresa!", disse Katie. *Talvez não muito surpresa.*

ALAN E BILLY ESTAVAM no carro do xerife, seguindo o ônibus de Mary McKinnon ao longo da estrada. Quando ele parou e Carol Grace desceu, Alan gritou pela janela do carona.

"Ei, garota! Entre no carro! Você está presa!"

Carol Grace deu uma risadinha, para os dois homens e correu para o carro. "Olá, Alan! Oi, Billy! Quais são as novas?"

"Só voltando para a fazenda, Carol Grace. Já fizemos tudo o que tínhamos que fazer na cidade. Entra aqui. Nós vamos levar você para casa... você vai poupar alguns passos."

Carol Grace abriu a porta de trás do carro e entrou. Depois de fechar a porta, ela disse, "Ei! Não há nenhuma maçaneta aqui!"

Os dois homens riram enquanto virava o carro para a garagem.

"Acho que vou ter que transportá-la para a prisão, "disse Billy.

Carol Grace fungou e, em seguida, enrugou o nariz. "Ewww...cheira mal aqui atrás! Cheira a...como se alguém tivesse vomitado!"

Os dois homens começaram a rir enquanto Carol Grace colocava a mão sobre o nariz.

"Rápido, me deixem sair daqui!" gritou à adolescente.

"Ei, Alan, cheque a varanda da frente," disse Billy, enquanto ele estacionava o carro.

Alan olhou para cima. Katie estava sentada com uma velha. Ele entendeu quem era esta velha: "Margo Sardis!"

"Quem é Margo Sardis?", perguntou Carol Grace. "E abra a porta! Por favor!"

Os homens saíram do carro, e Billy abriu a porta de trás. Carol Grace saiu do carro quase caindo, e passando mal por causa do fedor.

"Oh, meu Deus, nunca mais quero entrar neste carro de novo!" ela disse enquanto caminhava para a varanda. Para a mãe, ela disse, "Oi, mãe! Será que a Mary Smalls pode dormir aqui na sexta à noite?" Então ela notou a outra mulher na varanda. "Me desculpe! Oi, Sra Sardis."

Margo sorriu. "Você sabe quem eu sou, Carol Grace?"

Carol Grace assentiu com a cabeça. "Pelo menos, eu sei que Billy e Alan disseram que você é."

Margo riu. "Olá, xerife."

Billy assentiu com a cabeça e disse "Sra Sardis."

Margo virou-se para o Alan. "Você deve ser o jovem por quem Katie está apaixonada."

Apaixonada por mim? A mente de Alan começou a girar com essa informação.

Katie corou.

"O gato comeu sua língua, filho?" perguntou Margo suavemente.

Alan voltou para a realidade. "Me desculpe, Sra Sardis. Eu sou Alan Blake."

Margo ofereceu a mão para Alan, e ele apertou-a suavemente. "De volta da cidade grande, da cidade má."

Margo virou-se para Carol Grace.

"Carol Grace. É um prazer conhecer-te, filha, "disse Margo.

"É um prazer conhecer a senhora," respondeu Carol Grace.

Alan tinha puxado umas cadeiras para perto das duas para todos se sentarem.

Katie disse, "Querida, Margo é sua tia." E continuou, explicando sua relação com Margo.

"Então, nós somos descendentes das pessoas de quem este condado recebeu o nome? perguntou Carol Grace animada. "Isso é tão legal!" A adolescente abraçou a mãe e, em seguida, abraçou Margo. Pitoco saltou ao redor da garota, latindo alegremente. "Eu sou uma Sardis! Woo-hoo!"

O sorriso de Carol Grace era contagioso. Katie viu-se rindo da emoção da filha, os dois homens estavam sorrindo e Margo tinha um pequeno sorriso no rosto.

"Santo Deus, Carol Grace!", disse Katie, rindo. "Não se reprima! Deixe-nos saber como você realmente está se sentindo!"

Todo mundo riu da piada da Katie.

"Ei, mamãe! Podemos mudar nossos nomes para 'Sardis'?" perguntou Carol Grace animadamente.

"Claro que não, sua bobinha!" respondeu a Katie.

Depois de mais conversas e risos, Katie fez um anúncio.

"Sábado à noite. Eu quero todos vocês aqui. Vamos fazer um jantar ao ar livre ... hambúrgueres, provavelmente, e talvez alguns cachorros-quentes. Feijão, salada de repolho, batatas fritas caseiras... todas essas comidas vão estar no cardápio. Todos nós vamos desfrutar de nós mesmos e vamos nos divertir por estarmos juntos. Vamos começar por volta 06:00, se o Alan gentilmente fizer as honras de grelhar as comidas."

Alan sorriu para Katie. "Será uma honra."

"Billy? Tia Margo?"

"Eu estarei aqui," disse Billy. "Eu nunca dispenso comida de graça. Mas, eu vou trazer algumas bebidas para pagar a minha comida."

Katie sorriu para seu velho amigo. "Não é necessário, mas aceito. Tia Margo, por favor, diga você estará aqui."

Margo sorriu e acenou com a cabeça. "Eu estarei aqui, criança. Obrigada."

"Ei, mãe, que tal..." começou Carol Grace.

Katie cortou o que ela ia dizer com os olhos arregalados e uma ligeira inclinação de cabeça.

Carol Grace, perplexa, ficou calada.

Finalmente, Alan disse, "Katie, eu tenho algo que preciso falar com você."

"Antes de você falar, posso fazer uma sugestão, Alan?" respondeu Katie.

"Com certeza."

"Acho que precisamos pensar em comprar um par de rifles e espingardas para proteção daqueles criminosos que você está tentando evitar. Se eles descobrirem que você está aqui, vamos precisar de armas para nos defender. O rifle e a velha espingarda do vovô são antiguidades, e eu realmente prefiro não colocar munição moderna neles."

Alan, pego de surpresa, ficou sem palavras. Depois de um momento, Billy começou a rir.

"O que foi que eu disse Alan?" falou Billy, rindo. "Eu te disse que ela podia te surpreender!"

Katie, sorrindo mas sem entender, perguntou, "O que é tão engraçado?"

Alan explicou o que ele e Billy tinham feito naquele dia e os planos que tinham feito para dar aulas de tiro para Katie e para Carol Grace.

"Wow!", disse Carol Grace. "Eu atiro melhor do que a mamãe!"

"Uma vez! Somente uma vez!", exclamou Katie.

Carol Grace, sorrindo, começou a provocar a mãe dela. "Eu atiro melhor que você! Eu atiro melhor que você!"

Billy bateu as mãos sobre os joelhos e se levantou. "Bem, Alan, vou te dar uma mão descarregando o seu armamento, então vou ter que voltar à cidade."

"Claro, Billy," disse Alan, quando ele se levantou. Ele olhou ao redor, enquanto se dirigia para os degraus, depois parou. Seus olhos estavam bem abertos.

Katie, preocupada, disse, "Alan, tem alguma coisa errada?"

"Os campos... eles estão todos arados e prontos...como...quando...?"

Katie abaixou a cabeça. Margo começou a rir.

"Vá descarregar suas armas, Alan, e então eu vou te contar tudo," respondeu Katie.

"Katie, eu preciso ir, também," disse Margo.

"Precisa tia Margo?" perguntou Carol Grace.

"Eu também acho uma pena ter que ir agora, pequena, mas eu realmente tenho que ir."

"Mas eu vou te ver no sábado, certo?"

"Minha pequena, eu não perderia isso por nada," respondeu Margo.

A velha se levantou. Ela se virou para Billy.

"Será que você poderia dar uma carona para uma velha até a cidade, xerife?" Margo pediu.

"Eu acho que eu posso encontrar algum espaço para você, minha senhora."

Margo abraçou suas sobrinhas e, em seguida, estendeu a mão para Alan.

Quando Alan pegou na mão de Margo, ele sentiu uma vibração percorrer seu braço. Ela viajou por todo o corpo dele e, em seguida, foi para o braço de Margo. Seus olhos se encontraram com os dela.

"O que diabos foi isso?", perguntou Alan, ainda segurando a mão da velha.

"Eu estava apenas checando. Vendo se você é bom o suficiente para minha sobrinha."

Alan deu um meio sorriso. "E eu passei?"

Margo encontrou seu olhar. "Você passou. Seu amor por ela é quase tão profundo quanto o amor dela por você. E você vai cuidar bem dela e da Carol Grace". O olhar dela de repente ficou severo. "É melhor... ou você vai ter que responder a mim. Você também precisa se livrar dos problemas que você trouxe da cidade. Mas, não se preocupe. Ele virá à tona em breve." Ela soltou a mão de Alan e se virou para Katie. "Filha, você também precisará ser forte por ele e cuidar dele. Confia nele e em seus julgamentos. Ele é mais sábio do que você imagina. Acima de tudo, mostre a ele que o ama." Ela então se virou para Carol Grace. "Quanto a ti, pequenina... respeite este homem. Ele morreria com prazer por você, se necessário... e isso pode acontecer. Preste atenção e faça o que puder para ajudar a sua família."

Carol Grace olhou assustada e solenemente para a velha. "Sim, tia Margo."

"Eu já falei o suficiente. Hora de ir para a cidade, se o xerife estiver pronto!"

Billy fez uma saudação. "Sim, senhora!"

"Não precisa se fazer de espertalhão, jovem," disse Margo.

"Sim, senhora."

Billy abriu a porta do carro para a mulher.

"Obrigado, Billy," disse Margo.

"De nada, minha senhora." Para às três pessoas na varanda, Billy disse, "Vou vê-los por volta das seis horas no sábado."

Alan acenou. "Até lá, Bill!"

Enquanto o carro do xerife dirigia-se para a entrada da estrada, Alan casualmente escorregou o braço em volta da cintura de Katie. Carol Grace notou, e em seguida, sorriu.

Katie sentiu um calor agradável correr por todo o seu corpo, quando Alan pôs o braço à volta dela. Por dentro, ela estava derretendo, e o coração dela viajava em super velocidade. *O braço dele parecia... Como sempre deveria ter sido! Oh, Mark, eu voltei a amar! E eu sei que você quer que eu seja feliz, e também sei que você vai me perdoar.*

Alan estava curtindo a sensação de ter a cintura firme de Katie sob a sua mão. Foi excitante tocá-la como nunca ele tinha sentido com nenhuma outra mulher. *É verdade! Há uma mulher certa para cada homem, e eu achei a minha. Querido Deus, por favor, deixe-me passar o resto da minha vida com essa mulher!*

"Alan e Kat-ie, sentados em uma árvore..." cantou com alegria Carol Grace.

Alan começou a rir, e Katie sorriu. "Tudo bem, mocinha, chega disso!"

Carol Grace deu uma risadinha.

"Agora, já que o Billy não está mais aqui, me diz porque eu não podia falar sobre a Mary Smalls?" perguntou para Katie.

"Oh, sim! Você quer que a Mary passe a noite de sexta aqui na fazenda?"

Katie afastou-se do braço de Alan...com relutância...em direção a Carol Grace e colocou as mãos em seus quadris. "O que? Ontem, você estava dizendo que passar seu tempo com Mary seria uma tortura!"

Carol Grace sorriu. "Eu sei. Mas, ela é bem legal. Eu gosto muito dela!"

"Viu? Eu estava certa, não estava?"

"Sim, você estava! E então ela pode passar a noite de sexta-feira aqui em casa?"

"Você acha que pode suportar duas adolescentes correndo ao redor da fazenda na sexta à noite, Alan?" perguntou Katie.

"Quanto mais, melhor", disse Alan alegremente.

"É mesmo? Yay!", exclamou Carol Grace.

"Você já pediu autorização para Phoebe?", perguntou Katie.

Carol Grace abanou a cabeça. "Não, Mary disse que sua mãe teria que trabalhar até as seis horas hoje. Ela vai pedir para ela depois."

"Sabe o que... por que eu não ligo hoje à noite? Eu preciso falar com a Phoebe, de qualquer maneira."

"Ok... mas eu ainda quero falar com a Mary, tudo bem?"

Katie sorriu. "Sim, querida." De repente, ela se lembrou de algo. "Já temos pintinhos no galinheiro, se você quiser vê-los."

A emoção transbordou novamente no rosto de Carol Grace. "É mesmo? Temos pintinhos? Vamos lá, Pitoco!" Carol Grace começou a correr indo na direção do galinheiro.

"Uau", disse Katie. Ela se virou para o Alan. "Ok, eu sei que você tem algumas perguntas."

Alan abanou a cabeça. "Não...não, eu não tenho nenhuma pergunta."

Katie olhou para os lados. "Nem mesmo sobre os campos?"

Alan balançou a cabeça novamente. "Não. Eu já sei a resposta."

Katie colocou suas mãos em seus quadris. "Ok, Sr Sabido, qual é a resposta?"

"Bem, se sua tia Margo é uma bruxa, e você é uma Sardis, isso significa que você é uma bruxa, também."

Katie abriu a boca espantada. "Como o mundo descobriu isso?"

Alan sorriu presunçosamente. "Ei, eu sou um bom detetive... você sabia?"

NO MOTEL DE PERRY, Moses Turley e seus homens se registraram em dois quartos Cada quarto tinha duas camas.

Turley disse aos homens para se refrescarem e depois se encontrarem no quarto que ele estava compartilhando com Joe Flore. Ele tinha colocado Gino Blasi no quarto com Tolani.

Turley estava com medo de bater em Tolani até à morte se dividisse um quarto com ele.

Quando os homens reuniram-se no quarto de Turley, ele entregou a cada homem uma fotografia de Alan Blake.

"Eis o que vamos fazer, " ele disse. "Nós vamos andar pela cidade, perguntando se alguém conhece este cara, Alan Blake. Vocês todos estão na cidade com seu chefe a negócios, e Blake é um velho amigo de faculdade de seu chefe. Vocês querem fazer uma surpresa para o chefe e para o Blake ligando-os novamente depois de tantos anos e vocês devem perguntar se alguém o viu, se alguém o conhece e assim por diante. Se Blake está aqui, e se alguém o viu... bom, as pessoas gostam de falar."

"Sobre o que as pessoas amam falar, Mose?" perguntou Tolani.

Turley, lentamente, virou a cabeça para Tolani. Seu rosto estava totalmente inexpressivo quando ele disse, "eles adoram falar que eu sou um Santo por *ATURAR UM RETARDADO COMO VOCÊ!*"

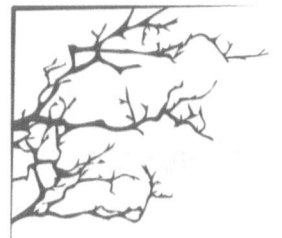

Capítulo 10

"SABE, XERIFE, VOCÊ PRECISA OFERECER PARA o Alan um trabalho como seu ajudante," disse Margo.

Margo e Billy Napier dirigiam-se para a cidade, tendo acabado de sair da Fazenda do Junior.

"Ele tem um emprego na cidade, Sra Sardis."

"Ele vai querer outro, só para manter-se ocupado. A fazenda cuidará de si mesma, e ele vai se aborrecer de não fazer nada."

Billy sorriu. "Porque você acha que ele vai querer ficar no Condado de Sardis?"

"Ele está tão apaixonado por Katie, que ele não vai suportar voltar para a cidade."

Eles rodaram em silêncio por alguns metros.

"Sabe, Sra Sardis, acho que eu vou fazer isso. Seria bom ter o Alan de volta em casa. E eu poderia usar alguma ajuda. Esse idiota que o Conselho da cidade de Perry colocou como chefe de polícia...bem, digamos que, se aparecer um problema o chefe Godfrey Malcolm desaparece mais rápido do que um peido em um vento forte. Se ele não estiver bêbado demais para se levantar," acrescentou.

Margo riu desta analogia. Mas, ela não podia criticar o julgamento que Billy fez do homem.

"Onde posso eu te deixar, Sra Sardis?"

"No Mercado Mackie, por favor, se não for problema. Eu tenho que pegar algumas coisas."

"Você será capaz de chegar em casa bem?"

Margo sorriu. "Sim, eu vou chegar bem, xerife. Obrigado por perguntar."

"ENTÃO, BASICAMENTE, nós estamos emboscando Billy," disse Alan.

Katie sorriu. "Sim, nós estamos. O plano de Katie era fazer Mary passar a sexta-feira na fazenda. Phoebe vai vir aqui para buscar Mary e Billy também estará aqui,... talvez as faíscas voltem a aparecer."

Alan olhou para suas mãos. "Você sabia que Billy e Phoebe ficaram juntos por um tempo na escola?"

Os olhos de Katie se arregalaram. "É isso mesmo! Eu tinha me esquecido completamente disso!" Ela olhou para os campos, formando sua próxima pergunta. "Eu sei que eles se separaram muito rapidamente, mas eu nunca soube por quê. Você sabe?"

Alan abanou a cabeça. "Katie, por favor, não me pergunte isso. Não é minha história para que eu possa contar, e eu não quero trair a confiança das pessoas que eu conheço."

Katie balançou em compreensão. "É justo. O plano nefasto que eu criei é fazer Phoebe vir sábado e enfeitá-la ...cabelo,maquiagem, uma roupa nova ...Eu vou ter certeza de que ela vai ficar toda arrumada! E talvez, e apenas talvez,...o Billy pode dar uma segunda olhada para ela."

"E uma segunda chance. E se alguém pode fazer isso, é você quem pode Katie."

"Obrigada, senhor." Katie respirou profundamente. "Ok, Alan, eu sei que você tem perguntas sobre a coisa de bruxa. Pergunte."

"Na verdade, não tenho", respondeu Alan. "Você me contou tudo sobre a visita de Margo Sardis na outra noite, então eu sei quando você descobriu. E os resultados são óbvios." Ele deu uma pausa e olhou para os campos por alguns segundos. "E o plantio? As pessoas não vão ficar desconfiadas se não comprarmos semente?"

Katie sorriu. "Tia Margo disse que tínhamos que comprar sementes. Ela também disse que eu poderia plantá-las eu mesmo, e que ela iria me ajudar no feitiço."

Alan acenou com a cabeça. "Então está bem. Não tenho mais nada a dizer." Ele riu. "É incrível o que eu posso aceitar em pouco tempo."

Katie riu da sua observação. Ela olhou para o perfil de Alan. *Os olhos dele estão por toda a parte, e aposto que ele nem sabe disso! Sempre a procura de problemas!* Ela decidiu dar uma longa olhada e virou a cabeça para Alan, a fim de estudá-lo. Se ele notasse que estava sendo estudado, ele não iria gostar. *Mark me perdoe. Sempre vou te amar, mas você se foi. Eu estou apaixonada por esse homem, e eu quero acreditar que você quer que eu seja feliz de novo.*

"Alan," Katie começou a falar timidamente, "podemos falar sobre... nós?"

Alan parou de balançar-se brevemente e, em seguida, começou de novo. Cautelosamente, ele perguntou, "Falar o que sobre nós, Katie?" *É agora ... ela vai me largar! Olha, seu policial idiota: Eis suas esperanças, indo direto para o ralo!*

Lentamente, Katie disse, "há um 'nós'?"

O coração de Alan pulou para a sua garganta. A cabeça dele virou-se para Katie tão rapidamente que chegou a estalar. Ele pegou a mão dela, olhou em seus olhos intensamente, "Katie Ballantine Montgomery, há um 'nós' para o resto da minha vida, se você quiser."

Os olhos de Katie se alargaram realizada. "Oh, eu quero, Alan!", ela disse, e jogou seus os braços ao redor dele. Ele fez o mesmo, e eles se abraçaram firmemente, ferozmente. Então, seus lábios se encontraram. O beijo foi longo e intenso. Todo o resto estava esquecido enquanto seus lábios expressavam seus desejos, e suas línguas se conheceram primeiro timidamente, e depois com mais paixão. Nenhuma passagem de tempo violou este momento, nenhum pensamento passou por suas mentes...Exceto felicidade e desejo.

"Ewww, nojento!" disse Carol Grace ao chegar perto dos dois com Pitoco pulando aos seus pés. "Vocês têm que fazer isso na varanda da frente?"

Katie e Alan começaram a rir, parando de se beijar.

A adolescente subiu os degraus da frente, falando todo o caminho. "Quero dizer, se vocês dois vão ficar se beijando sem parar, vão fazer isso lá dentro, por favor!"

"Garota," disse Alan.

"O que, é cara?" disse Carol Grace ironicamente.

"Cala boca. Vai fazer sua lição de casa."

Katie e Alan começaram a rir. "Depois de um momento," Carol Grace também.

Quando Carol Grace parou de rir, ela olhou de sua mãe para Alan, e perguntou: "Então, vocês agora formam um casal?"

O sorriso de Katie brilhou em seu rosto. "Eu suponho que agora nós somos um casal. E você concorda Carol Grace?"

A adolescente olhou bem de perto para Alan. "Bem...Acho que ele não é totalmente nojento...", e começou a correr pelas escadas abaixo, rindo. Alan perseguiu-a, e Pitoco corria com os dois, latindo animadamente.

Katie assistiu os três saltando ao redor do pátio, e sorriu largamente. Ela sentiu que estava muito feliz.

MOSES TURLEY NÃO ESTAVA FELIZ.

Enquanto a tarde se transformava em noite, e a noite transformava-se em hora de jantar, Turley e seu grupo não tinha a menor pista sobre o paradeiro de Alan Blake.

Turley estava começando a se perguntar se Blake estava realmente no Condado de Sardis.

Moses Turley não era um idiota. Ele sabia que tinha apenas uma chance muito pequena de manter-se vivo após o fiasco de ter sido "preso", e que a oportunidade dependia de encontrar Alan Blake, matá-lo e em seguida, encontrar um lugar para se esconder.

Turley sabia que depois que ele matasse o Blake, ele teria que viver a vida "na encolha" para continuar vivo. Mickey Giambini não perdoava erros facilmente, e ter sido preso por dois policiais à paisana foi um dos maiores erros que um cara em sua linha de trabalho poderia ter feito. Mas, se nada explodisse, caso nenhuma testemunha fosse encontrada, Mickey poderia... quem sabe ... deixar Turley viver.

No entanto Turley não contava com isso. Ele tinha visto muitas pessoas que trabalharam com o Mickey ir e vir...da pior maneira possível. Seus erros não tinham sido tão ruins quanto o de Turley, então ele podia prever o que estaria escrito na parede de Giambini.

Turley tinha uma grana preparada, dinheiro suficiente para mantê-lo feliz. Estava na América do Sul, longe da cidade... e da família dos Giambinis.

Mas, esta noite, ele tinha que comer... Assim como os seus homens. Turley estava dirigindo em frente a um mercado e decidiu parar no estacionamento.

Ele iria preparar espaguete hoje à noite, com seu molho feito de uma receita secreta. Talvez algum pão de alho. O quarto do motel tinha uma kitchenette com frigorífico, microondas e fogão. Ele poderia fazê-lo, se ele tivesse os ingredientes certos.

Quando ele entrou na loja, Turley olhou para cima e viu o sinal. *Mercado do Mackie. Grande. Provavelmente nomeado após um cara comer, vestindo kilt escocês. Boa sorte para encontrar bons ingredientes italianos.* Uma vez lá dentro, no entanto, ele encontrou tudo do que precisava para completar o cardápio da noite. Ele carregou suas compras para a fila do caixa.

A mulher na fila em frente a ele estava conversando com a caixa. A caixa era bonita, mas Turley podia identificar um alcoólatra a uma milha de distância. Talvez ela estivesse se recuperando, mas ela definitivamente era uma alcoólatra. Esse pensamento levou-o a recordações do passado, repleto de homens bêbados que apostavam tudo no jogo...Geralmente para benefício de Turley. Ele voltou rapidamente à realidade quando ele se sintonizou com a conversa das mulheres, e um nome apareceu dentro da cabeça dele.

"Phoebe, o Alan Blake é o homem certo para Katie," disse a mulher ao caixa. "Ele vai ser um bom padrasto para Carol Grace, também."

"Eu também acho, Miss Margo," respondeu a caixa.

"Agora, você fique pronta, ouviu? Katie vai te ligar hoje à noite, para perguntar se a Mary pode passar a noite de sexta-feira na fazenda. Então, vai ter um pequeno churrasco no sábado à noite. Alan vai ser o chefe.!" A velha fez um gesto sarcástico e, em seguida, apertou seu punho na bengala. "E não se esqueça de se certificar de que você vai estar de folga no sábado! Você deve ser capaz de chegar a Fazenda do Júnior!"

A caixa sorriu para a velha. "Eu vou ter certeza antes de sair hoje de noite, Miss Margo. Cuide-se!"

A mulher se afastou da fila do caixa, com a bengala na mão e um pequeno saco de plástico na outra.

Turley colocou seus itens na esteira e sorriu para a caixa. "Me desculpe, mas não pude deixar de ouvir parte da conversa. Uma de vocês mencionou um Alan Blake?"

A caixa estava concentrado em registrar os itens que Turley estava comprando. Ela parecia distraída, quando ela respondeu. "Claro que sim. Ele é um antigo colega meu de escola."

Turley, desempenhando seu papel, disse, "Eu conheci um Alan Blake na cidade. Ele é um policial. Será que é o mesmo homem?"

"Oh, sim, é o Alan!" Ela olhou para Turley. "Como você o conhece?", ela perguntou com desconfiança, como se Turley fosse um criminoso. Ele era, mas ele certamente não tinha avisado para esta idiota.

Em vez disso, ele riu. "Eu cuidei do seguro do automóvel dele. Estou tentando convencê-lo a comprar um seguro residencial, mas ele é um homem difícil de convencer!"

A caixa mostrou alívio no rosto. "Este é o Alan. Ele sempre foi teimoso, uma vez que tenha se decidido por algo. Está na cidade para visitá-lo?" ela perguntou, ao entregar o troco para Turley.

"Não, estou aqui para ajudar outro agente", disse Turley, a mentira, passando pelos lábios com pouco esforço. "Não tinha idéia de que Alan estava no Condado de Sardis. Desde que ele está, posso tentar dizer 'Olá' para ele. Ele está hospedado na cidade?"

A caixa abanou a cabeça. "Está na casa de uma senhora chamada Katie Montgomery, lá na Fazenda do Junior". Ela deu-lhe instruções rudimentares do local da fazenda.

"Obrigado," disse Turley.

"Você é bem-vindo. Volte e consulte-nos!" A caixa começou a atender a próxima pessoa na fila.

Turley resistiu ao impulso de correr de volta para o carro. Mas ele não resistiu ao impulso de dar um sorriso de orelha a orelha.

Turley não percebeu que a mulher que tinha estado à sua frente na fila do mercado agora estava de pé ao lado da entrada. Ela tinha um pequeno sorriso em seu rosto enquanto observava Turley ir embora de carro.

Margo Sardis sabia que quanto mais cedo esta coisa ruim fosse tratada, seria melhor para Katie. Ela ainda estava sorrindo enquanto desaparecia, indo para casa.

KATIE LIGOU PARA PHOEBE EM torno das sete horas da noite. Na verdade foi Carol Grace quem fez a ligação, e foi a Mary quem ela chamou.

Depois que as meninas conversaram animadamente durante alguns minutos, Carol Grace disse a Mary que Katie queria falar com Phoebe.

"Alô?" falou Phoebe.

"Oi, Phoebe, é a Katie."

"Oh, Oi, Katie! Miss Margo me disse que você ia ligar hoje à noite!"

"Oh, ela disse? Ela falou por quê?"

"Ela me disse que as meninas estão com planos para ficar com você na sexta à noite, e que vai ter um churrasco na sua casa sábado à noite."

Katie riu. "Esta é a tia Margo. Ela te contou tudo, mas isso é ótimo!"

"Tia Margo?" perguntou a Phoebe.

"Oh, verdade!" Você também não sabia! Phoebe, você vai ficar tão surpresa quanto eu quando eu te contar, mas..." Katie disse para Phoebe sobre a ligação com a família Sardis.

"Uau, Katie! Você é uma Sardis! E você não sabia?"

Katie balançou a cabeça enquanto falava. "Eu nunca tive nenhuma pista, Phoebe. Mas, é bom saber a respeito de onde eu venho...e é bom saber que ainda tenho uma parente mais velha, que ainda está viva."

"Acho que a única coisa que eu posso dizer é: Wow!"

"Ouça, Phoebe, eu tenho uma "carta na manga", se você estiver interessada."

"Sou toda ouvidos."

"Ainda quer outra chance com Billy?"

Phoebe ficou em silêncio por tanto tempo que Katie pensou que ela tinha desligado.

"Phoebe?"

"Eu estou aqui."

"Espero que eu não tenha passado dos limites."

"Não. De forma alguma" Phoebe fez uma pausa e, em seguida, continuou. "Katie, eu daria qualquer coisa para ter outra chance com ele."

Katie sorriu. "Phoebe, você não tem que desistir de nada. Para falar a verdade tudo vai ser feito por mim. Eu tenho um plano!"

"Então melhor você compartilhar Katie!"

"Ok, é o seguinte, Phoebe, e você não pode discutir comigo. Primeiro, eu vou marcar para nós duas uma hora no melhor salão de cabeleireiro de Perry. Vamos fazer os nossos cabelos com estilo. E também vamos fazer manicures e pedicures. Depois vamos ao shopping. Vou encontrar para nós duas as roupas mais atraentes que alguém já imaginou nos ver vestindo, vamos ser paqueradas da cabeça aos pés! Sábado à noite, Billy vai vir para a fazenda para o churrasco, junto com a tia Margo... mas ele não sabe que você também vai estar aqui!"

"Katie, não posso pagar tudo isso!"

"Não importa Phoebe. Eu posso e vou. Vamos pescar dois homens maravilhosos, e nós somos a isca!"

MOSES TURLEY INVADIU O QUARTO do motel. Tolani estava com as mangas arregaçadas colocando uns potes no fogareiro. Flore e Blasi estavam sentados nas bordas das duas camas, assistindo TV. Quando Turley entrou na sala, todos os três homens pegaram as armas em seus coldres de ombro, mas relaxaram quando viram que era Turley.

"Homens, eu sei onde o Blake está escondido!"

Turley bateu a porta atrás dele e, em seguida, ficou parado, com um sorriso largo e os braços cruzados. "Tudo o que vocês têm que fazer é me levar até a Fazenda do Junior!"

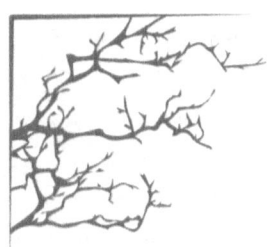

Capítulo 11

M ais tarde naquela noite, Carol Grace bocejou e disse, "Boa noite"! Ela abraçou Katie e depois abraçou Alan.

Carol Grace disse "Agora vocês podem começar," disse a eles. "Acho que por muiiiiito tempo vou dar "abraços de boa noite" no Alan." A adolescente pegou o Pitoco e foi para o quarto.

"Alan, gostaria de sentar na varanda por um tempo?" perguntou Katie.

"Eu adoraria" respondeu Alan.

Na varanda, sob a luz das estrelas, Alan e Katie de mãos dadas, ficaram sentados nas cadeiras de balanço, balançando num ritmo lento e constante. De repente, Katie saltou de sua cadeira.

"Oh, não, eu quase esqueci!", exclamou Katie.

Alan também se levantou "Do quê?"

"Tia Margo me ensinou um feitiço de proteção na primeira noite que ela esteve aqui. Ela me disse para fazê-lo todas as noites, para nos manter seguros de...bem, explico em um minuto."

Katie fechou os olhos e concentrou sua energia. Alan vigiava de perto, com um olhar confuso no rosto.

A cara de Alan mudou quando Katie repetiu as palavras do feitiço de proteção. Para Alan, as palavras pareciam bobagens e uma linguagem que ele quase compreendeu.

Katie levantou a mão direita e apontou seu dedo indicador para o lado de fora da casa, para nenhum lugar em particular. Uma bola de energia azul apareceu de dentro dela, tornando-se mais brilhante enquanto ia do ombro dela para o seu braço. Quando atingiu seu dedo que apontava para o lado de fora a bola estava ainda mais brilhante. Ela saltou do seu dedo e se espalhou por toda a propriedade, depois ela foi perdendo o brilho e, em seguida, desapareceu pela Fazenda do Junior.

A boca de Alan formou a palavra, "Wow", mas não se ouviu nenhum som. A boca permaneceu aberta após ter formado a palavra.

Katie, sorrindo, estendeu a mão suavemente e fechou a boca de Alan. "É um feitiço de proteção. Eu tenho que fazê-lo todas as noites. Tia Margo vendeu a um homem um feitiço de convocação em um ataque de ciúmes. O feitiço convocou um "Cão do Inferno" ... e abriu um portal para o inferno. Ela disse que não tem idéia quantas criaturas atravessaram através da porta aberta, mas elas seriam atraídas para a magia na Fazenda do Junior. O feitiço de proteção é para afastá-los."

"Eu....Eu sei, você me contou," Alan disse lentamente. "E eu acreditei em você. Eu vi os resultados." Ele balançou a cabeça. "Só não esperava que fosse assim...."

"Tão feio? Tão assustador?" Katie estava começando a ficar na defensiva.

Alan balançou a cabeça para suas perguntas. "Não, Katie... tão bonito... tão deslumbrante!" Ele pegou a mão dela, deliberadamente levando a mão que o poder tinha acabado de deixar e olhou nos olhos dela. "Eu sou tão oprimido! Uma coisa é acreditar em alguma coisa, e outra coisa é vê-la em ação... e é maravilhoso!" Ele envolveu seu braço livre em torno da cintura dela e puxou-a para dele, rindo. "Dança comigo, que mulher maravilhosa!" Eles começaram girando em torno do alpendre, rindo, dançando e aproveitando a companhia um do outro. Enquanto eles dançavam, olharam nos olhos um do outro, e ambos sorriram.

Quando seus lábios se tocaram, Katie e Alan perderam a noção do tempo. Suas línguas se tocaram brevemente, em seguida, mais apaixonadamente, era como se eles estivessem se consumindo.

Alan parou de beijá-la e de abraçá-la. Ele segurou Katie pelos ombros e olhou direto para os olhos dela. Ele estava respirando pesadamente.

"Katie, eu tenho que parar agora."

Cheia de desejo, Katie disse, "Porquê?"

"Se continuarmos assim, nós vamos acabar na sua cama ou na minha."

"E o que há de errado com isso, Alan? Você sabe que eu quero você." Katie olhou para o aumento do volume nas calças de brim que Alan usava. "É óbvio que você também me quer," ela disse com um riso abafado.

"É muito cedo", Alan disse. "Não quero que esse relacionamento seja baseado em sexo. Eu quero que dure para sempre, Katie."

Katie se jogou nos braços de Alan. "Se é assim que você pensa Alan. Acho que você tem razão. Mas, faz tanto tempo ... muito tempo! E você tem o meu coração em suas mãos."

Alan enterrou seu rosto no cabelo da Katie enquanto a segurava firmemente.

"Eu sei, e você tem o meu. Precisamos ter cuidado." O cheiro dela parecia tão familiar para ele, como se ele a conhecesse a vida toda. Katie sentiu como se sua pele estivesse elétrica. O toque de Alan tinha lhe dado

tanto prazer! Ela não sabia se ia poder se segurar por muito tempo... porque ela o queria muito. Com uma enorme força de vontade, ela o empurrou.

"Vamos... vamos sentar, Alan, antes que a gente perca totalmente o controle," disse Katie ofegante. "Caso contrário, vamos perder o controle aqui na varanda da frente!"

Alan riu levemente. "Eu sei! Eu quase te apoiei sobre um balanço na varanda!"

Sentaram-se novamente nas cadeiras de balanço.

"Ok, nós precisamos conversar sobre outra coisa... levar nossas mentes para fora de... bem, só fora," disse Alan.

Katie deu uma respiração profunda e assentiu com a cabeça. "Você tem razão". Ela tentou concentrar seus pensamentos. "Vamos amanhã tentar trocar o carro por uma caminhonete. Precisamos dele para a semente."

Alan acenou com a cabeça. "Claro Katie. Você está certa, precisamos da caminhonete. Vamos logo depois que Carol Grace sair para a escola."

Katie balançou a cabeça. "E podemos pegar algumas sementes depois que terminarmos a negociação para a caminhonete. O Mercado Mackie pode fazer a entrega do resto."

Eles ficaram balançando um pouco mais.

Hesitante, Katie perguntou, "Você quer se mudar para a casa principal?"

Alan disse, "Eu adoraria, mas ainda não. Não quero que Carol Grace tenha uma idéia errada."

Katie assentiu novamente.

"Eu nunca senti isso tão rápido sobre alguém, Katie," continuou o Alan. "Olho para trás e vejo os anos que perdi quando estávamos no colégio, e tenho vontade de me chutar porque eu não deixei meus sentimentos serem conhecidos naquela época."

Katie pensou por um momento. "Não estou certa de que naquela época teria funcionado, Alan. Quer dizer, eu estava muito apaixonada pelo Mark. Nada podia mudar isso. Mas, pela primeira vez desde a morte dele, eu estou pronta para amar novamente...Já estou apaixonada novamente." Ela olhou para ele. "Estou apaixonada por você. Parece certo... como deve ser e sempre será."

"E eu estou apaixonado por você, Katie. E não só você. Eu amo a Carol Grace como se ela fosse minha filha. Estou pronto para deixar de ser um policial e me transformar em um marido, um pai e um agricultor, fazer toda a mudança.." Ele sorriu. "É incrível o que um homem faz para a mulher que ele ama. Mas..."

"Você tem que acabar o caso Turley, em primeiro lugar," terminou a Katie.

Alan acenou com a cabeça. "E é possível que eles venham para o Condado de Sardis. Winstead, meu parceiro, sabia muito sobre mim. Ele pode ter dito tudo o que sabia, se por ventura ele foi muito torturado." Ele deu de ombros e seu olhar foi para bem longe. "Eu sou a última testemunha. Se os Giambinis me matarem, as chances são pequenas de que Turley seja condenado. Turley deve estar desesperado, porque ele sabe que o Mickey Giambini vai matá-lo se ele for a julgamento, e ele pode ficar propenso a matar Turley, mesmo que Turley consiga me matar. Turley trouxe muita atenção para os Giambinis, especialmente depois que a Segurança da Justiça comprou o prédio em frente ao edifício dos Giambinis e instalou uma equipe de vigilância do FBI no edifício."

Katie riu ironicamente. "Segurança da justiça. Carol Grace e eu estávamos no parque da cidade no dia em que os mercenários alemães tentaram matá-los." "Ela balançou a cabeça. "Foi uma das razões pela qual eu decidi sair da cidade. Não me senti muito segura naquele dia."

"Eu estava lá para a limpeza. O FBI diz que não foi culpa da Segurança da Justiça. Este Esteban Fernandez jurou matar todos eles, e colocou uma recompensa de vários milhões de dólares em suas cabeças," respondeu Alan. "Ele está trazendo assassinos de fora da cidade. Eles estavam apenas se defendendo."

"Não me entenda mal, Alan," disse Katie, com naturalidade. "Eu entendo tudo isso, mas eu não quero que uma bala perdida de sua guerra fira ou mate minha filha. Ela está muito mais segura aqui."

Eles ficaram em silêncio por alguns instantes. Ambos perceberam que eles tinham se distraído o suficiente e que a ameaça de perder o controle e se jogar um no outro tinha passado.

"Eu concordo com você, Katie," disse Alan. Ele parou. "E, depois desta conversa, eu vou checar as galinhas e ir para a cama. Sozinho, droga."

Katie disse. "Acho que eu vou subir, também. Eu gostaria que você estivesse do meu lado."

O casal se abraçou por um longo tempo, e o beijo de boa noite parecia que nunca iria acabar.

NA SEXTA DE MANHÃ, depois do café, Carol Grace foi para a escola. Ela teve que correr porque o café da manhã tinha sido um pouco tarde. A adolescente tinha agarrado a última torrada e foi comendo enquanto corria pela estrada para pegar o ônibus. Pitoco viu Carol Grace correr até o ônibus escolar. Pitoco cheirou, latiu uma vez, e em seguida, subiu as escadas e estacionou-se na cama de Carol Grace. Ele ficaria lá até que a adolescente voltasse para casa naquela tarde.

Não teve muita conversa durante o café da manhã. Carol Grace estava muito animada para conversa fiada, por duas razões: Primeiro porque a suspensão na escola para ela e para Mary iria terminar hoje e segundo porque Mary estava vindo passar a noite... e talvez todo o fim de semana, se ela pudesse convencer as duas mães.

Katie e Alan se deram um longo beijo de bom dia enquanto eles compartilhavam os deveres de fazer o café da manhã. Claro, tinha sido um longo beijo. E um longo abraço. E depois outro longo beijo longo... e outro... até...

"Oh, meu Deus, os dois já conseguiram parar? Isso é tudo o que vocês pensam?" disse Carol Grace. Ela tinha acabado de entrar na cozinha e foi se sentar em sua cadeira à mesa. "Vocês vão estragar meu café da manhã!"

Os adultos sorriam um para o outro, e cada um beijou Carol Grace na cabeça. Ela tentou se esquivar, mas sem sucesso.

"Parem com isso! Vocês vão estragar o meu cabelo!", gritou Carol Grace.

"Você vai conseguir viver com isso, querida," disse Alan.

Katie inspecionou a cabeça da Carol Grace. "Não tem nem um fio de cabelo fora do lugar."

Carol Grace revirou os olhos e começou a pensar sobre o seu dia.

Após Carol Grace correr pela porta da cozinha para o ônibus, Katie e Alan colocaram os pratos na pia da cozinha. Eles foram para fora e tiraram o carro do estacionamento na frente da casa. Katie começou tirando alguns itens pessoais que sempre parecem estar na maioria dos carros e Alan aspirou os carpetes e estofados. Eles planejavam levar o carro para lavar em Perry e depois tentar trocá-lo numa concessionária.

O casal estava focado no trabalho... e ocasionalmente, eles paravam para se beijarem, para se abraçarem, ou para um simples toque de mãos. Eles não estavam se importando com o que estava acontecendo nos arredores. Alan, o policial treinado, tinha relaxado suas habilidades de observação. Afinal de contas, este era o Condado de Sardis, muito longe da cidade. Realmente, não havia muita chance dele ser encontrado aqui...

Alan estava errado.

Se Alan tivesse sido mais observador, ele teria notado o brilho ocasional do sol de manhã, refletindo sobre algo ao final da rodovia e na floresta do outro lado da estrada.

MOSES TURLEY BAIXOU OS BINÓCULOS.

"Encontrei você, seu filho da puta!", disse Turley, para ele mesmo.

Tolani abriu a boca para perguntar a seu chefe quem ele tinha encontrado, mas Gino Blasi colocou a mão sobre a boca de Tolani antes dele conseguir fazer qualquer som. Tolani, sabiamente, entendeu e manteve silêncio.

Joe Flore estava em silêncio ao lado do Turley. "Devemos pegar ele agora, Moses?"

Turley levantou seus binóculos. "Não, ainda não. Há uma garota com ele. Nós ainda temos um pouco de tempo. Vamos esperar e ver se conseguimos apanhar ele sozinho."

Continuando a olhar Turley, viu Alan e Katie entrarem no carro indo em direção à estrada.

"Lá vêm eles! Todo mundo, fora de vista!", sussurrou Turley.

Os homens se esconderam, atrás de arbustos e árvores. O carro veio até o final da rodovia, parou, e virou então em direção a cidade.

Turley, que tinha rapidamente se escondido debaixo de alguns arbustos, não se mexeu até o carro desaparecer da vista de todos.

Tolani disse, "Ei, chefe, você pode se levantar agora. Eles se foram."

"Será um prazer," respondeu Turley. "Assim que um de vocês vier até aqui para matar esta maldita serpente."

ALAN GUIAVA LENTAMENTE em direção a cidade. Ele estava olhando do outro lado da estrada para um carro que mal podia ser visto entre as árvores.

"O que é Alan?" perguntou a Katie.

"Há um carro estacionado entre as árvores."

Katie sorriu. "É só um caçador, ou alguém à procura de ginseng. Um monte de ginseng cresce por aqui."

"Tem razão", disse ele, e acelerou.

BLASI DIRIGIU-SE PARA O lado direito de Turley. Tomou extremo cuidado com a cobra, uma cascavel, que abanava a cauda, fazendo sua assinatura sonora. A cobra olhava diretamente para Turley.

Blasi sacou sua arma, mirou cuidadosamente para a cobra e estourou sua cabeça em pedaços. Pedaços de carne e de sangue da cobra respingaram em Turley, e ele pode pular para longe do ponto em que ele tinha estado ajoelhado.

A respiração de Turley foi rápida e profunda. Ele quase`mijou´ quando a arma disparou porque ele estava congelado pelo medo. Ele tremia um pouco.

Finalmente, Turley disse, "Obrigado, Gino."

Blasi encolheu os ombros. "Não há problema, chefe."

Tolani, com um sorriso no rosto, disse, "Merda" essa cobra quase te pegou, não foi, chefe?"

Turley deu um murro no olho de Tolani. Para Blasi e Flore, ele disse, "peguem ele e vamos ver aquela fazenda."

CAROL GRACE E MARY ESTAVAM SOFRENDO NO último dia da suspensão na escola. A Sra. Buckner tinha finalmente aliviado com as garotas e conversou um pouco com elas durante a manhã. Elas confidenciaram para a professora que elas tinham se tornado grandes amigas, e que Mary ia passar a noite na Fazenda do Junior.

"Isso é uma notícia maravilhosa, meninas!" disse Buckner. "Tenho certeza de que vai fazer o diretor Wallace feliz, também!"

O incidente no refeitório com a líder de torcida tinha feito as meninas perceberem que elas tinham que ter cuidado, e também tinha fornecido um efeito colateral interessante: a palavra do incidente tinha circulado, e nenhum dos alunos tinha tomado a defesa de Mary ou de Carol Grace.

Nenhum dos estudantes tinha nada a ver com nenhuma das duas.

Isso incomodou Mary, saber que ninguém tinha nada a ver com ela, até mesmo as garotas que costumavam serem suas amigas. Ela se sentiu muito pequena e muito insignificante. Então ela pensou em Carol Grace, a nova amiga que ela tinha feito, e esse pensamento levantou o seu espírito.

Carol Grace, por outro lado, estava muito contente por ser amiga de Mary. Na cidade, Carol Grace teve sorte em ter um ou dois amigos na escola que não gostava de drogas, gangues ou furto. Na cidade, ela sempre tinha que estar alerta com garotas da sua idade, e a maioria delas parecia estar indo para uma vida muito ruim. No Condado de Sardis, ela podia relaxar com a amizade de Mary, confiante que elas tomariam conta uma da outra.

Na hora do almoço, as meninas sentaram-se sozinhas em uma mesa. Elas falaram sobre o que fariam no fim de semana. Teresa, a líder de torcida que tinha sido objeto da ira dos desejos das meninas, sentou-se tranquilamente com os amigos dela e dava algumas olhadelas em Carol Grace e Mary. Enquanto o corpo dela já tinha voltado ao normal, iria demorar um tempo ainda para seu cabelo voltar a crescer. Embora ele estivesse crescendo em um ritmo mais rápido do que o normal, Teresa usava um lenço para ocultar o fato de que o cabelo dela ainda não era como costumava ser.

Finalmente, Teresa levantou-se da sua mesa e caminhou hesitante à mesa que Carol Grace e Mary estavam compartilhando.

"Oi-Oi", disse Teresa timidamente.

Carol Grace compartilhou um olhar com Mary e então respondeu: "Oi, Teresa."

Teresa apertou as mãos juntas para mantê-las unidas. Ela olhou para o chão. "Eu, uh...Eu só queria dizer que eu sinto muito pelo que eu disse."

Carol Grace olhou para Mary, fazendo uma pergunta silenciosa. Mary, com olhos arregalados, acenou com a cabeça ligeiramente.

"Tudo esquecido", disse Carol Grace. "Quer sentar com a gente?"

Teresa olhou para as duas. Um sorriso apareceu no rosto dela, que de repente se iluminou."Eu adoraria"! Ela puxou uma cadeira e entrou na conversa.

Breve, mais duas garotas da mesa de Teresa vieram sentar-se com elas. Então, meninas de todo o refeitório se juntou a Carol Grace e Mary.

Elas foram aceitas e tinham se tornado populares. Assim de repente! E nenhuma magia tinha estado envolvida.

Carol Grace e Mary aproveitando o momento sorriram uma para a outra. Tudo ia ficar bem, apesar de tudo o que tinha acontecido!

KATIE DIRIGIU O NOVO caminhão para fora do stand de automóveis. Era um modelo do ano anterior, e ela tinha conseguido por um bom preço com a troca pelo sedan. O caminhão tinha uma cabine para abrigar um grupo de pessoas, com uma cama grande, tração nas quatro rodas e tinha sido construído para ser usado também como reboque. Era brilhante e vermelho. Alan tinha gostado e dito que era um excelente caminhão para ser usado na fazenda.

Katie, tinha gostado também. Conduzi-lo, no entanto, ia levar um pouco de tempo para ela se habituar.

"É como dirigir um tanque!", exclamou Katie, quando ela tentou virar o caminhão no meio do trânsito.

Alan riu. "Pelo menos você está aprendendo a lidar com ele aqui e não na cidade!"

"Oh, meu Deus!" disse Katie, rindo. "Não há nenhuma maneira de eu dirigir este caminhão na cidade! Você poderia me imaginar tentando dirigir ele na cidade de Hooker Hollow?"

"Você poderia fazê-lo. Você ficará surpresa como você vai se acostumar rapidamente."

"Se você diz. Ok, a próxima parada é a cooperativa. Vamos pedir semente, comprar mais ração de galinha e vamos à procura de um reboque para cavalo."

"Nós ainda planejamos ter mais gado, Katie?"

"Eu gostaria muito."

"Você já pensou numa pequena produção de laticínios? Facilmente nós poderíamos transformar o celeiro para este fim."

Katie considerou a proposta por um momento. "Vamos ver como vão ficar as coisas com o gado regular primeiro, ok? Tenho medo que a pecuária leiteira possa levar mais tempo do que temos."

Alan acenou com a cabeça. "O que você quiser Katie, é o que eu quero."

Katie sorriu enquanto ela se dirigia para a cooperativa.

TURLEY E SEUS HOMENS ESTACIONARAM EM UMA ESQUINA NA frente da casa de Katie. Os quatro homens saíram do carro.

"Como você quer fazer isso, Moses?" perguntou Blasi.

Turley fez uma varredura na fazenda, nas dependências e no celeiro. "Para os três homens, ele disse," só um minuto. Eu quero sentir o lugar, e depois eu vou ligar para Rizzo. Deixá-lo saber o que está acontecendo. "Vocês se espalhem e me dêem um pouco de privacidade."

Blasi, Flore e Tolani se afastaram de Turley, dando-lhe espaço. Tolani ainda esfregava o olho, preocupado que ele ficasse preto por causa do soco do Turley.

Turley fez uma varredura na área de novo, contando com o seu subconsciente para pegar qualquer coisa que por ventura seus olhos tivessem perdido. Ele sentiu que o lugar estava vazio no momento. Ele pegou o celular dele e ligou para Rizzo.

"Rizzo. É o Turley."

"Mose! Como vai?"

"Rizzo ouça, encontramos onde Blake está escondido."

"Ei, isso é ótimo. E Onde é? Onde vocês estão? Você ainda está no Condado de Sardis?"

Moses Turley não era estúpido. As perguntas do Rizzo soavam bastante inocentes, mas algo no tom da voz de Rizzo acionou um alarme na mente de Turley. Como se ele estivesse prestes a perder tudo.

Turley sentiu que a única razão pela qual Rizzo queria saber onde eles estavam era porque Mickey Giambini tinha encomendado Rizzo para cuidar dos quatro. Ele olhou para os três homens que trabalhavam para ele. Tuley decidiu que nenhum deles precisava morrer, nem mesmo Tolani.

Tudo isso passou por sua cabeça em menos de um segundo.

"Nós estamos na Interestadual-55, seguindo Blake até Nova Orleans. Tropeçamos nele por acidente no Condado de Sardis e começamos a segui-lo. Flore ouviu-o dizer a um homem num posto de gasolina que estava indo para a Rua Bourbon."

"Que ótimo, Mose. Me liga quando você chegar lá, OK? Me avisa onde você vai se hospedar. Eu poderia ver se o chefe me dá uns dias de folga."

"Ok, Rizzo, estou te escutando muito mal. Devemos estar chegando num lugar com sinal ruim. Eu ligo quando souber onde vamos ficar."

"Ok, Mose. Vai fundo e pega esse cara!"

"Deixa comigo."

Turley desligou a chamada. Ele olhou para o telefone com raiva. *Rizzo, seu viado!* Você não vai conseguir o que você quer!

"Vem aqui, pessoal! Tenho outra coisa para me preocupar!" chamou Turley.

Quando os homens se reuniram em torno dele, Turley explicou o que tinha acontecido, e o que ele pensava que poderia acontecer.

"Por que Mickey quer nos matar, Mose?" perguntou Flore.

"Porque nós fomos presos. Nós não matamos esse policial. Nós trouxemos muita atenção para a família Giambini. Mickey provavelmente disse para Rizzo nos matar mesmo se matarmos esse policial."

"Mas, chefe," disse Tolani. "Se matarmos esse policial, não vamos aumentar livrar a atenção?"

Turley abanou a cabeça. "Pense, Tolani! Se acabarmos com este policial, quem fica com a culpa? A família Giambini! E se eles estão recebendo mais atenção, isso torna mais difícil para a família fazer negócios. Então Mickey nos apaga para tirar a atenção da família. Por outro lado, se não conseguirmos matar o policial, o Mickey nos apaga para que não haja nenhum julgamento. Ou, a polícia nos pega de alguma maneira. É vencer ou vencer, para os Giambinis se estivermos fora da jogada!"

Então, você está dizendo ' que estamos fodidos aconteça o que acontecer, disse Blasi.

Flore assentiu com a cabeça. "Sim, Gino, estamos fodidos."

"Bem, não sei quanto a vocês, mas eu tenho um dinheiro extra disponível, e eu tenho um passaporte com um nome que não é meu. Eu vou matar esse policial, e depois vou para algum lugar da América do Sul!"

Os três homens se olharam.

Finalmente, Blasi falou. "Todos nós temos um dinheirinho guardado , também, chefe. Podemos ir juntos?"

Turley sorriu. *Abençoe os corações dos que não confiam. Algo que você aprende na marra neste negócio. Podemos subornar alguns moradores, configurar alguns bons jogos, ganhar uns trocados. Mickey não vai se incomodar vindo atrás da gente lá na América do Sul.*

"Quando nós vamos matar o polícia, Moses?" perguntou Tolani.

Turley notou que Tolani não tinha usado a palavra 'chefe' desta vez. Isso significava que agora os rapazes pensavam nele como um igual. E ele gostou.

"Vamos fazer amanhã à noite. Vamos levá-lo para fora e vamos nos divertir um pouco com a mulher. Em seguida, a levamos para fora, também."

Houve murmúrios de acordo e uma risada ou duas.

"Tudo bem, vamos ver a casa. Precisamos de um jeito de pegá-los."

"OK, <u>Sra</u> Montgomery," disse o homem da cooperativa" já carregamos o seu caminhão. Vamos entregar a semente na segunda-feira de manhã, se estiver tudo bem para a senhora."

Katie balançou a cabeça. "Isso é ótimo, Lester. Obrigada!"

Lester sorriu. "Obrigado, Katie. É bom ver que a Fazenda do Junior está voltando à vida!"

Ao deixarem a cooperativa, Katie e Alan foram cumprimentados por várias pessoas. Bem, cumprimentaram a Katie. Nem todo mundo se lembrava de Alan ainda, e isso provavelmente foi uma boa coisa.

Do lado de fora, Alan disse, "Nunca percebi como seus avós eram populares."

"É incrível, não é?"

"Sim, é! Ok, para onde vamos agora?"

"Ao Mercado Mackie. Tenho que comprar comida para o churrasco."

"Não seria mais barato se fossemos àquela loja grande que fica na estrada?"

Katie, falou. "Claro, seria mais barato. Mas, eles não são nossos vizinhos, certo? Prefiro pagar alguns centavos a mais por item e apoiar a população local do que dar dinheiro para um conglomerado. É isso que está errado com a nossa economia!"

"Tens razão, claro. Ei, você pode me deixar no escritório do Billy até você terminar? Eu tenho que ligar para o Tenente Pyne."

"Com certeza. Nem uma palavra a Billy sobre a Phoebe!"

"Meus lábios estão totalmente fechados."

Katie sorriu e respondeu: "seus lábios são gostosos!"

Para provar isso, Alan se inclinou e beijou Katie. Várias vezes.

"EI, TOLANI, VEM CÁ," disse Turley.

Turley estava de pé ao lado das portas que abriam o celeiro. Elas estavam fechadas apenas com um único e grande cadeado.

Tolani foi até lá. "Do que você precisa?"

Turley apontou o cadeado. "Você pode abrir isso?"

Tolani deu uma olhada e disse, "Mose, se tem um cadeado, eu posso abri-lo."

"Então me mostre."

Tolani riu e puxou um pequeno estojo de couro. Ele abriu o estojo e selecionou um par de ferramentas. O cadeado ficou estendido no chão, trinta segundos depois.

Turley deu uma palmada nas costas de Tolani. "Ótimo trabalho, Tolani! Gino, porque você não fica aqui para vigiar? O resto de nós irá verificar fora do porão."

Blasi assentiu com a cabeça.

Enquanto Turley, Flore e Tolani viraram para as escadas do porão, Tolani disse, sorrindo, "Ei, Mose! Acho que há mais cobras lá embaixo?"

Turley parou e virou-se lentamente para Tolani. Tolani rapidamente deixou de sorrir.

Muito discretamente, Turley disse, "Eu não sei, Tolani. Porque você não vai primeiro e tenta descobrir?" Ele apontou para as escadas.

Tolani olhou para o rosto de Turley, e, finalmente para o porão escuro. Ele olhou novamente para a cara de Turley que demonstrava raiva. Ele engoliu em seco, virou-se e lentamente começou a descer as escadas.

ALAN ESTAVA EM PÉ DO lado da porta do motorista do caminhão novo. Ele dava um beijo de adeus em Katie.

"Eu não vou demorar mais de uma hora, Alan. Se prepare para sair, andar até o Mercado Mackie e encontrar-me lá, está bem?", disse Katie.

"Sim, querida," Alan disse humildemente.

Katie deu-lhe um olhar. Com apenas uma pitada de sarcasmo, e disse, "a frase correta é 'Sim, Alteza." Aí ela jogou o nariz no ar.

Alan riu e disse: "Sim, minha adorada!" Quando Katie começou a se afastar do escritório do xerife, ele disse: "Cuidado!"

Katie tocou a buzina como resposta enquanto se dirigia para o Mercado Mackie.

Alan ficou olhando até ela virar para a loja e, em seguida, entrou no escritório do xerife. Para o delegado atrás da divisória de vidro, Alan disse, "O Billy está?"

O delegado assentiu com a cabeça.

Billy estava sentado em sua mesa, franzindo a testa para alguns papéis que estavam na sua mesa. Ele olhou para Alan e disse, "Tem um idiota que eu quero que você conheça."

Alan levantou suas sobrancelhas interrogativamente. "Está bem."

"Sente-se, Alan. Antes do idiota chegar, eu gostaria de te perguntar uma coisa," disse Billy.

Alan sentou-se em uma das duas cadeiras do escritório do xerife Napier. "Claro. Pode falar."

"Você está feliz trabalhando na cidade?"

Alan ia começar a responder, mas parou e pensou por alguns segundos. "Eu costumava ser feliz. Agora não sou. Quero dizer, olhe para mim! Estou me escondendo no Condado de Sardis para que alguns mafiosos não me matem! Que tipo de vida é esta? Então, respondendo sua pergunta, Não. Eu não sou feliz trabalhando na cidade."

Billy apertou as mãos em cima de seu calendário de mesa grande. "Quer vir trabalhar para mim?"

Alan ficou de boca aberta. Ele não conseguia falar.

Billy estendeu as mãos. "Agora, espere... não precisa ser por tempo integral, embora eu pudesse te utilizar em tempo integral. Se for só meio período, eu também posso te usar. Eu sei que você e Katie parecem estar se dando bem, e eu não quero que você sinta que você não tem escolhas." Billy respirou fundo. "De verdade, quem me dera que eu conseguisse que o Conselho de Cidade de Perry nomeasse você como Chefe de Polícia, mas não consigo convencê-los de que Godfrey Malcolm não é o homem certo para o trabalho."

"Eu pensei que você era responsável por todos os policiais no Condado de Sardis."

Billy assentiu com a cabeça. "Eu sou... com exceção do Chefe de Polícia da cidade de Perry. O Conselho manteve esse poder para eles mesmos." Ele balançou a cabeça. "Eu posso dar ordens para o fedorento bêbado, mas eu não posso demiti-lo. Realmente às vezes fica difícil" Ele deu outra respiração profunda. "Ele é o idiota que eu quero que você conheça. Há alguns meses atrás, uma espécie de animal matou dois de seus oficiais. Ele alegou que era um animal que escapou do zoológico, e que ele foi recapturado. Eu não acreditei, não há nenhum zoológico perto da cidade. Ele é um sacana mentiroso. Mas ele tinha dois oficiais mortos... e todos concordam com a história do Malcolm." Ele balançou a cabeça e, em seguida, olhou para o Alan. "Então, que tal? Quer vir trabalhar para mim?"

"Se importa se eu falar com Katie, primeiro?"

"Esperava que você dissesse isso Especialmente se você está pensando em se casar com ela."

Alan encontrou-se prestes a dar uma resposta afirmativa, mas resolveu responder: "Você sabe, eu posso fazer esta pergunta para ela. Billy, eu estou totalmente apaixonado por essa mulher! Não penso em nada além dela. E Carol Grace seria uma enteada maravilhosa. Diabos, talvez eu possa adotá-la, se ela puder me suportar como pai dela."

Billy sorriu. "Estou feliz por vocês, Alan. Se a fazenda for pra frente, e você vier trabalhar para mim, todo mundo vai ficar feliz!"

Alguém bateu na porta do escritório do Billy e entrou. Um homem alto com um tronco em forma de barril em cima de pernas finas entrou sem esperar por uma resposta. O homem estava vestido com um uniforme e tinha um broche bordado na camisa do uniforme onde se lia "Chefe". Alan assumiu, corretamente, que este era Godfrey Malcolm.

Malcolm começou a falar assim que ele entrou. "Olha, Billy, não quero que os meus Agentes fiquem patrulhando o maldito condado em carros da cidade! Eu tenho tanto dinheiro no meu orçamento, e eu serei amaldiçoado se gastá-lo em gás para...." Ele parou quando ele finalmente percebeu Alan sentado em silêncio. "Oh, desculpe, eu não sabia que tinha mais alguém aqui."

Alan podia cheirar o álcool no hálito do Malcolm. Ele acenou com a mão na frente do seu rosto e enrugou seu nariz.

Billy percebeu isso e disse em voz baixa, "Godfrey. Você bebeu?"

Malcolm se esticou e disse. "Napier, isso é uma mentira!"

Billy, mantendo seu temperamento sob controle, disse,"não, Godfrey, essa é uma pergunta. Uma mentira será se você responder 'não'."

Malcolm, vermelho, concentrando-se, disse, "Talvez eu tenha bebido algumas cervejas no meu almoço."

"Algumas"? Billy balançou a cabeça e, em seguida, levantou seus olhos para Malcolm. "Você dirigiu até aqui, Godfrey?"

"Porquê?"

"Porque eu não posso te demitir, mas eu tenho certeza de que eu posso prendê-lo por dirigir sob influência de álcool. O Conselho da cidade certamente saberia desta prisão, você não acha?"

Malcolm com o cérebro enevoado de álcool respondeu devagar. "Foi um oficial que dirigiu para mim."

"Ele ainda está aqui?"

"Não, eu disse para ele voltar para a delegacia."

"Então, eu posso assumir que você vai andar de volta para o trabalho!"

Era óbvio que a questão tinha apanhado Malcolm "de calça na mão". Sua surpresa lentamente tornou-se desgosto. "Sim, eu vou."

Alan tinha que virar para esconder seu sorriso.

Billy disse, "Bom. Eu vou pedir para um dos meus homens deixar o seu carro na delegacia de polícia. Você deixou as chaves dentro do carro?"

"Sim, elas ainda estão...," Malcolm parou de falar quando percebeu o que ele tinha dito.

"Ótimo! Bem, obrigado pela visita, Godfrey! Aproveite a caminhada!"

Malcolm, confuso, murmurou algo como, "Até logo" e saiu do escritório.

Alan começou a rir. "Este é o Chefe de Polícia de Perry?"

Billy sorriu e acenou com a cabeça. "Oh, sim, é ele. Eu não consigo descobrir o que ele tem na Câmara Municipal, mas deve ser algo grande para ele conseguir manter o emprego." Ele riu ironicamente. "Se tivéssemos uma taxa de criminalidade elevada, eu estaria ferrado ... mas não temos muitos crimes aqui no Condado de Sardis."

"Bem, sua última declaração só me convenceu, Billy," disse Alan. "Eu vou levar o cargo de vice em tempo integral, com a opção de ficar meio-expediente se a fazenda precisar de mim."

"Ótimo! Eu preciso da sua ajuda, Alan!"

Os homens apertaram as mãos.

"Bem, acho melhor chamar o Tenente Pyne e dar-lhe a notícia. Ele não vai gostar."

"Não diga a ele o que você vai fazer, Alan... não até você testemunhar."

"Eu sei... sem saber quem me contratou já vai fazê-lo ficar histérico!"

APÓS TRÊS TENTATIVAS, Katie conseguiu colocar o caminhão no estacionamento do Mercado Mackie. Ela riu de si mesma e riu ao pensar como seria se ela tentasse estacionar o caminhão na cidade.

Ela entrou na loja. Phoebe estava na sua habitual caixa, e ela a viu. Um sorriso enorme apareceu no rosto dela e ela acenou para a Katie.

Katie, sorrindo, acenou de volta e começou a fazer compras.

Quando Katie terminou, ela entrou na fila do caixa de Phoebe.

"Agora, Phoebe, se você precisa falar com a Mary, ligue a qualquer hora. As meninas vão se divertir muito, e aposto que elas vão passar a maior parte do tempo brincando com as galinhas!", disse Katie.

Phoebe riu. "Acho que você tem razão. Minha filha mais velha tem um gato, e Mary adora aquele gato mais do que a Pamela!"

"Nosso cabeleireiro está marcado para as nove da manhã. Você quer que eu passe para te pegar, ou você quer me encontrar na fazenda?" perguntou Katie.

"Você pode me buscar?" perguntou Phoebe. "Se vai demorar o dia todo, eu prefiro ficar com você, se você puder trazer a Mary e eu em casa amanhã à noite."

"Claro, Phoebe! Está fechado!", disse Katie, enquanto pagava suas compras. "Ok, vejo você de manhã."

"Adeus, Katie! Mal posso esperar!"

"SINTO MUITO, TENENTE, mas é assim que vai ser. Estou lhe dando meu aviso prévio, e eu vou começar a trabalhar neste outro emprego daqui a duas semanas," disse Alan. Ele estava falando com o Tenente Pyne. Pyne não gostou nada da notícia que recebeu.

"Olha, Alan, você é o melhor agente que eu tenho. É dinheiro? Eu posso conversar com o Capitão e pedir um aumento para você, mas não prometo nada...," disse Pyne. "Você precisa de férias? Eu provavelmente posso dar um jeito nisso, também... e com pagamento! "

"Sinto muito, Tenente. Eu tenho que fazer isso."

"Ok, Alan, eu entendo. Mas, é melhor saber, que quero preciso saber mais sobre este emprego quando o julgamento acabar!"

Alan sorriu. "Pode apostar Stan. Eu vou dizer para você tudo assim que eu puder."

"Cuide-se Alan, ouviu?"

"Sim, senhor. Você, também." Alan desligou a chamada.

Ele se virou e voltou para dentro do gabinete do xerife e bateu na porta do Billy.

"Entre!" disse Billy.

Alan abriu a porta e colocou a cabeça para dentro. "Duas semanas a partir de hoje, Billy. Eu vou ser oficialmente seu ajudante."

Billy sorriu, levantou e andou em torno de sua mesa, segurando sua mão. Ele pegou a mão de Alan na sua.

"Cara, isso é um alívio!", disse Billy. "Você não sabe o quanto eu realmente preciso de você aqui!"

"Que bom Billy. Agora nós temos que contar para Katie."

Billy olhou pensativo. "Eu acho que eu vou deixar você fazer isso, Alan," ele disse em um tom sério. "Logo depois que você pedir a ela para se casar com você."

Alan riu. "Ei, ela deve estar aqui a qualquer hora. Quer ver o caminhão novo?"

"Oh, sim eu quero!"

PARECE UMA ADEGA COMO qualquer outra, Mose," disse Flore.

Turley assentiu com a cabeça. "Sim". Ele apontou. "Não tem escadas."

"Isso é ótimo, chefe, mas e se a porta lá em cima estiver fechada amanhã à noite?" perguntou Blasi.

"Não é um problema. Ainda temos nosso sábio," disse Turley, apontando com o polegar na direção de Tolani. "Sim, bloqueios não são nada para mim, Gino," disse Tolani que recuou com seus braços abertos. Ele estava sorrindo enquanto falava, até que ele se apoiou contra uma caixa de ferramentas pequena deixada no chão, tropeçou e caiu de costas. le caiu duro nas costas dele, mas conseguiu manter a cabeça sem bater no chão. Seu impulso fez ele derrapar para trás alguns centímetros, até que sua cabeça estava sob as prateleiras na parede. Ele continuou deitado, tremendo com o riso de sua própria falta de jeito.

Turley e o outro começaram a rir. Riram alto, especialmente do olhar surpreso de Tolani quando ele caiu para trás.

Finalmente, Tolani disse, "Ei, Moses, venha dar uma olhada!"

Turley se aproximou e se agachou ao lado de Tolani. "O quê"?

Tolani apontou. "Há um botão aqui." Ele apertou-o.

Abriu-se uma parede escondida no porão.

Os quatro homens olharam aquilo, com os olhos arregalados.

"Puta que pariu, chefe, você sabia que isto estava aqui?", perguntou Flore.

Turley balançou a cabeça lentamente. "Não, não tinha idéia."

Blasi apontou para um ponto no interior do túnel. "Tem um botão para abrir a porta do outro lado, e tem um interruptor de luz."

Turley respirou fundo e disse, "Vamos dar uma olhada. Você vai na frente, Tolani."

"ESSE É O ACORDO, KATIE," disse Alan. "O que você acha?"

Katie e Alan estavam sentados na traseira do caminhão, fora do escritório do xerife. Alan só lhe contara sobre a oferta de emprego do Billy.

Katie olhou para suas mãos e, em seguida, olhou para o Alan. "Por que você está me perguntando, Alan?"

Alan se contorceu. "Bem, eu só... você sabe, eu queria... bem..."

Katie, com um pequeno sorriso, disse, "Porque, Alan, está com a língua presa?"

Alan acenou com a cabeça.

"Bem, eu acho que se você não pode cuspir as palavras para fora, você não tem nada a dizer. Estou certa?"

Alan abanou a cabeça.

"Então, você não acha que você deve dizer o que está pensando?"

"Katie, você casar comigo?" disse Alan.

A boca de Katie abriu e fechou duas vezes antes que ela pudesse formar palavras.

"Sim," ela disse simplesmente.

Alan acenou com a cabeça. "Bom. Isso é bom."

Finalmente um encontrou o olho do outro.

"Oh, meu Deus," disse Katie. "Alan, eu te amo."

Alan sorriu. "Eu amo você também, Katie".

Eles se mantiveram abraçados por um longo tempo. Nenhum deles viu Billy
os espreitando pela janela, e sorrindo de alegria.

O ALÇAPÃO DE MADEIRA COBERTO DE PALHA ABRIU, e a cabeça
de Tolani apareceu. Eles estavam na última parte dos túneis, o equipamento
estava na parte detrás do complexo principal. Um bom tamanho da floresta
estendia-se por detrás do galpão.

Tolani saiu, seguido por Blasi, em seguida, Flore e, finalmente, Turley.

Os homens olharam ao redor.

Turley começou a acenar.

"É isso," Então, ele disse. "Amanhã, antes do anoitecer vamos nos esgueirar
por aqui através dos campos, entrar no túnel e pegar o Blake e sua namorada
depois de escurecer. Nós cuidaremos deles e, em seguida, viajamos para o Brasil,
rapazes!"

Turley começou a descer a escada. "Vamos embora, antes que nos apanhem
aqui. Vou esconder algumas armas no túnel. Isso vai ser o nosso seguro."

Um por um, eles desceram a escada, fizeram o caminho através do túnel até
o porão e deixaram a Fazenda do Junior da mesma maneira como eles tinham
chegado.

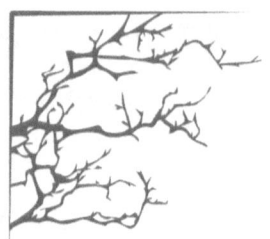

Capítulo 12

Alan e Katie fizeram uma parada antes de irem para casa. Por insistência de Alan, eles pararam na Joalheria Perry.

"Estamos noivos, e eu quero ter a certeza de que você tenha um anel de noivado," ele disse para Katie.

Katie tentou protestar, mas Alan não quis ouvir. Ele disse a Katie para escolher o anel que ela quisesse sem se importar com o preço.

"Katie, este é o único anel que eu já quis comprar, e é o único que eu vou comprar. Então, tem que ser algo que você tenha orgulho em usar," ele falou para ela.

Katie, atrapalhada, foi incapaz de mudar a vontade de Alan. Eles pararam na Joalheria Perry.

Katie encontrou um anel que ela gostou. Era um anel simples de ouro, com seis pontas que segurava um diamante. E ele serviu perfeitamente.

Alan pagou com seu cartão de crédito.

Katie questionou isso. "Não tem medo de que os Giambinis saibam sobre essa compra de alguma forma?"

Alan abanou a cabeça. "As chances são pequenas, Katie."

Uma vez que eles voltaram para dentro do caminhão, Alan colocou o anel no terceiro dedo da mão esquerda de Katie. "Eu amo você, Katie. Eu prometo que eu vou ser um bom marido para você e um bom pai para Carol Grace. E eu amarei você até o meu último suspiro."

Katie tinha lágrimas nos olhos. "... E eu te amarei, Alan, até o dia da minha morte."

Então, eles se beijaram por um bom tempo. Depois, foram para casa.

CAROL GRACE E MARY SAÍRAM DO ÔNIBUS E DESEJARAM para Mary McKinnon um bom fim de semana. Elas foram correndo até a varanda da frente. As duas meninas estavam rindo e respirando pesadamente.

A porta da frente estava trancada.

"A mamãe deve ter saído," disse Carol Grace. "Ela vai voltar logo, tenho certeza. Vamos entrar pela porta da cozinha, Mary. Eu tenho a chave."

As meninas correram para a lateral da casa e entraram pela cozinha. Carol Grace liderou o caminho para o quarto dela e abriu a porta.

Pitoco começou a pular e a latir animadamente ao redor das duas. Mary pegou o cachorro e o abraçou. Pitoco retribuiu o carinho, lambendo o rosto de Mary repetida vezes.

Finalmente, Mary colocou Pitoco no chão e olhou ao redor.

"Wow, Carol Grace! Este quarto é enorme!", disse Mary. "E você tem tudo para si mesmo!" Ela passou a mão ao longo da cama. "Eu tenho que dividir um quarto com minhas irmãs, Pam e Catherine. Meu irmão mais novo, Derek, tem seu próprio quarto."

"Então você não se importa de dividir a cama comigo hoje à noite?", perguntou Carol Grace. "Nós temos um quarto de hóspedes, se você quiser usá-lo."

Mary olhou para Carol Grace. "Você está brincando? Vamos ficar acordada a noite toda, e eu vou te contar sobre alguns dos meninos da escola."

Carol Grace respondeu: "Ok, e podemos pintar nossas unhas das mãos e dos pés!"

As meninas ouviram o som de um veículo vindo da garagem.

"Deve ser a mamãe," disse Carol Grace. "Vamos lá, você tem que conhecer o Alan!"

Elas correram pelas escadas e saíram de casa. Um caminhão enorme estava estacionado.

"Carol Grace," disse Mary. "Este caminhão é da sua mãe?"

A porta do motorista abriu, e Katie saiu. "Olá, Mary! Seja bem-vinda a Fazenda do Junior! O que vocês acham do caminhão novo?"

Um olhar encantado estava estampado no rosto de Carol Grace. "Oh, mãe, eu adorei!" As duas meninas correram até o caminhão para dar uma boa olhada.

Alan foi para o lado da porta do motorista do caminhão. "Ouça, isso é um caminhão de fazenda. Não podemos ter todo o caminhão coberto com as impressões digitais das meninas." Em seguida, ele piscou para Carol Grace.

Carol Grace sorriu de volta e começou a passar as mãos por todo o caminhão. "Oh, tarde demais! Parece que agora já o fizemos!"

Mary sorriu timidamente.

Katie viu Mary. "Carol Grace, você não vai apresentar Mary para o Alan?"

"Oh, sim! Mary, este é Alan Blake. Ele é nosso caboclo. Ele está nos ajudando um pouco aqui na fazenda."

Alan apertou a mão de Mary e disse: "Prazer em conhecê-la, Miss Smalls."

"Prazer em conhecê-lo, também," disse Mary corando, "Mamãe me disse que você jogava no time de futebol com o xerife Billy."

"Phoebe tem razão. Todos nós nos formamos juntos no Colégio Perry," disse Alan.

"A mamãe me disse que você gosta da Katie," disse Mary.

Alan acenou com a cabeça. "Sua mãe está certa de novo, exceto que não é apenas gostar. Eu amo a Katie. E eu amo a Carol Grace, mesmo ela sendo uma adolescente velha e suja!"

"Eu não sou suja," disse Carol Grace, batendo no braço de Alan. Então ela sorriu. "Eu sou apenas um pouco empoeirada."

Todo mundo riu da piada de Carol Grace.

"Carol Grace, eu tenho uma pergunta séria pra você," disse Alan.

"Pode perguntar," respondeu Carol Grace.

"O que você diria se eu te disser que eu pedi sua mãe para se casar comigo?"

Os olhos de Mary se arregalaram tanto que eles rapidamente dominavam o seu rosto.

Carol Grace rapidamente se virou para olhar para a mãe dela. Katie estava segurando sua mão esquerda bem perto do rosto dela, com o anel virado para fora direto para as meninas. O rosto da adolescente se transformou em êxtase, e ela gritou com prazer. Ela pegou a mão da mãe dela e ficou olhando para o anel. Alan e Katie ficaram juntos, de mãos dadas e rindo.

Alan limpou a garganta. As mulheres se viraram em sua direção.

"Você não respondeu minha pergunta, Carol Grace," disse Alan, com um olhar sério sobre seu rosto. "Antes de você responder, eu estou perguntando a sua opinião porque envolve você e eu, assim como envolve sua mãe e eu. Eu amo sua mãe. Eu te amo. Eu quero ser seu padrasto, e, se nós dois sentirmos o mesmo sentimento um pelo o outro, um dia eu adoraria adotá-la como minha filha. Mas, agora, porque isso envolve você, também, eu estou perguntando se você gostaria que eu me casasse com sua mãe."

Carol Grace estava atônita. Alan estava falando com ela como se a opinião dela fosse importante para ele. *Mas, então, eu acho que isso importa para ele. Ou ele não estaria me perguntando.*

"Alan," a adolescente disse, "se você for amar a minha mãe para sempre e me amar e ser bom para nós duas e nos ajudar com a fazenda... então, sim, eu ficaria feliz que você fizesse parte da nossa família." Ela foi para Alan e o abraçou ferozmente.

Alan, surpreso, também abraçou a menina e deu um beijou no topo da cabeça dela.

"Obrigado, querida," ele disse.

Com lágrimas nos olhos, Carol Grace disse "você é bem-vindo." Em seguida, ela abraçou a mãe.

Katie disse, "por que você e Mary não me ajudam a levar as compras para dentro? Depois você pode mostrar suas galinhas para Mary, e nós vamos jantar em uma hora mais ou menos."

TARDE DA NOITE, AS MENINAS FORAM PARA o quarto de Carol Grace, ouviram música, conversaram e riram.

Lá embaixo, Katie e Alan ficaram aconchegados no banco do amor, com a televisão ligada. Eles não estavam assistindo, mas a luz da TV jogava uma luz quente ao redor da sala.

Falando calmamente enquanto uma música dramática brega tocava ao fundo, o casal de mãos dadas fazia pausas freqüentes para se beijarem.

Finalmente, Katie perguntou, "quando você acha que deve ser o casamento?"

"Não vejo qualquer necessidade de esperar, não é?", respondeu o Alan.

Katie sorrindo, acenou com a cabeça. "Não."

"Que tipo de casamento você quer?"

"Algo pequeno. Não quero nada chique." Ela correu o dedo sobre sua bochecha. "Não somos gente fina, certo?"

Alan abanou a cabeça. "Não. Podíamos fazer o Billy conseguir um juiz de paz amanhã, então."

"Não posso amanhã. Eu tenho um encontro com uma amiga num salão de beleza."

"Oh, sim." Alan sorriu. "Talvez eles vão conseguir se acertar, e Billy e a Débil voltem a ser um casal novamente."

"Eu gostaria que você não a chamasse de "Débil", disse Katie.

"É só um hábito, querida, me desculpe."

"Acho que se todos nós a apoiarmos, ela vai ficar sóbria. E feliz."

"Eu penso assim, também."

"Você acha que Billy vai dar outra chance para ela?"

Alan sorriu. "Se ele puder engolir seu orgulho, sim."

Katie ficou em silêncio por um tempo. "Alan, você acha que os Giambinis vão te encontrar aqui?"

"Não. Como poderiam? Mesmo que James tenha falado antes de morrer, ouviríamos sobre estranhos perguntando por mim."

"Acho que você está certo."

CRAAACKK!

Eles ouviram o som de uma árvore caindo do lado fora da casa.

Katie pulou, e seus olhos se arregalaram. "Oh, não! Esqueci o feitiço de proteção"!

Eles saíram para a varanda da frente. Katie rapidamente fechou os olhos, se concentrou e murmurou as palavras do feitiço. Mais uma vez, a luz azul subiu de dentro dela e viajou para o braço dela, se derramando pela sua mão estendida.

Mais uma vez o silêncio abraçou a fazenda. Com isso resolvido, um uivo veio da floresta do outro lado da estrada.

Não era um uivo que nenhum deles já tinha ouvido.

"O que diabos foi isso?", perguntou o Alan.

"Eu não sei e não quero saber," respondeu Katie. "Acho que é melhor ter contar o que a tia Margo me disse. "Ela então contou para Alan sobre a porta aberta para o inferno."

"Então, isso poderia ter sido uma coisa que veio do inferno?", perguntou o Alan.

"Talvez. Ou talvez tenha sido um coiote com um uivo engraçado."

Eles olharam para fora através dos campos, e Alan engoliu seco.

Finalmente, Katie disse, "Alan, vá para o dormitório e pegue suas coisas. Eu me sentiria melhor se você dormisse aqui em casa de hoje em diante." Timidamente, ela encontrou os olhos dele. "No meu quarto. Quero dizer, no nosso quarto." E ela sorriu.

"Acho que está na hora," disse Alan e caminhou para o alojamento para pegar seus pertences.

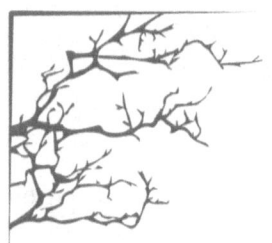

Capítulo 13

Sábado de manhã, bem cedinho, Katie acordou. Ela estava aconchegada contra Alan, que tinha o braço em volta dela.

Ela sorriu.

Fazia muito tempo que ela não se sentia tão feliz e Katie levou alguns instantes para curtir esta situação.

Então, sabendo que tinha que correr para pegar a Phoebe e fazer tudo o que tinha marcado no salão, Katie levantou-se nua debaixo dos lençóis. Ela se inclinou e beijou os lábios de Alan sem acordá-lo.

Katie rapidamente foi para o chuveiro, e em seguida, se vestiu.

Ela passou uma quantidade mínima de maquiagem, porque ela sabia que o salão faria um trabalho fantástico, melhor que o dela.

Novamente ela beijou Alan e deixou o quarto.

Katie parou em frente ao quarto de Carol Grace e deu uma olhada pela porta aberta. As duas meninas estavam dormindo, com o Pitoco feliz dormindo entre elas. Sorrindo, Katie fechou a porta e desceu silenciosamente as escadas.

Ela pegou uma maçã e uma banana para comer como café da manhã, entrou no caminhão e dirigiu até a casa da Phoebe.

"BOM DIA, SENHORES!" disse Turley, com um tom alegre na voz. "Vocês dormiram bem?"

"Dormi como um bebê, Mose," disse Tolani.

"Sim – ele se cagou e chorou a noite toda!", disse Blasi.

Todos os quatro homens riram da piada.

"Vamos tomar café da manhã, rapazes," disse Turley. "Eu pago!"

"Você está com um humor muito bom, Moses," disse Flore. "O que está
acontecendo?"

"Olha," respondeu Turley. "Hoje nós vamos matar a última testemunha do
que fizemos, e vamos partir para uma nova vida em outro lugar. Por que eu não
estaria feliz?"

PHOEBE SUBIU NO CAMINHÃO DE Katie. "Estou tão animada sobre
hoje, Katie!"

Katie sorriu. "Eu também, Phoebe!"

"Qual é a primeira ordem do dia?"

"Bem, nós vamos a esse novo salão no centro da cidade. Vamos fazer nosso
cabelo. Depois, vamos fazer as unhas, uma reforma geral. Depois disso, nós
vamos comer alguma coisa. Depois do almoço, vamos comprar algumas roupas
bem lindas que vai fazer as línguas dos meninos cair!"

As duas mulheres riram como se fossem colegiais.

"Oh, Katie, eu não sei como posso agradecer tudo isso. Pelo menos, eu vou
ter uma chance de ganhar o Billy novamente."

"Phoebe, sei que este é um assunto delicado e se você achar que não é da
minha conta, pode me dizer – você não vai magoar nem um pouco os meus
sentimentos."

"Ok, claro."

"Tem alguma idéia de quem poderia ser o pai da Pam?"

Phoebe estava quieta, observando a paisagem passar. Então, ela olhou para
suas mãos. "Não. Nem uma pista. E não sei quem é o pai de Mary, também.
Eu estava bêbada e nas duas vezes, eu desmaiei. Eu me envergonho disso." Ela
ergueu a cabeça com orgulho. "Mas eu sei quem é o pai de Derek e de Catherine,
mesmo que ele tenha sido um drogado inútil!"

"Phoebe, não há nada para se envergonhar. Bêbada ou não, você foi
estuprada! Duas vezes! Mas as duas meninas são presentes maravilhosos, apesar
de terem vindo de circunstâncias ruins. A Mary é uma garota muito especial, e
Carol Grace a adora!"

Phoebe riu. "Carol Grace é tudo o que Mary falou a semana toda! Estou tão feliz que elas estejam se dando bem. Acho que eu posso ficar com as meninas na próxima semana, se estiver bem para você."

Katie olhou para Phoebe. "Tem certeza, Phoebe? Eu não quero que Carol Grace possa lhe causar problemas."

"Oh, ela não vai ser um problema, Katie. Quatro ou cinco crianças vai ser divertido!"

"Bem, para mim está ótimo." Katie estacionou. Elas entraram no salão.

Katie agarrou a mão da Phoebe. "Vamos, vamos ser mimadas!"

As mulheres saíram do caminhão e entraram no salão.

ALAN ACORDOU. ELE TINHA SONHADO QUE estava beijando Katie, mas, quando ele abriu os olhos, Pitoco estava lambendo a cara dele.

"Como você entrou aqui, cachorro?" perguntou Alan, enquanto se sentava e esfregava os olhos. Então ele percebeu onde estava, e que ele estava nu. Ele rapidamente pegou sua roupa e se vestiu.

Ele podia ouvir as meninas rindo do lado de fora da casa e adivinhou que elas estavam indo para o galinheiro. Bom. Talvez elas não saibam que eu passei a noite aqui! Ao concluir esse pensamento, Pitoco lambeu a mão dele. Passou por sua cabeça que Carol Grace podia ter aberto a porta do quarto e podia ter colocado Pitoco no quarto. Uh, oh! Fui pego. Ela sabe!

Bem, ele só teria que enfrentar tudo como um homem.

Alan desceu e foi para a cozinha. O café já estava quase pronto na cafeteira. Na mesa tinha um prato com três fatias de bacon, dois biscoitos e dois ovos. Ao lado do prato tinha um copo pequeno de suco de laranja e um recado, com a caligrafia de Carol Grace, e ele dizia:

"Querido Alan, espero que tenha dormido bem. Acho que a mamãe já foi para a cidade. Preparei o café da manhã. Espero que goste. Mary e eu vamos para o galinheiro. Volto logo! Amor, Carol Grace".

Alan olhou para a nota. Ele ficou surpreso ao sentir lágrimas aparecerem em seus olhos.

Ele se sentou e comeu um agradável café da manhã, preparado por uma criança que o amava.

O XERIFE BILLY NAPIER FOI AO "Covil do Dragão", a lanchonete da Praça do Tribunal de Perry. Ele queria um café da manhã tardio, e não sentiu vontade de cozinhá-lo ele mesmo. Ele se sentou no balcão, n banquinho que ficava na ponta para que ele pudesse discretamente ver o restaurante inteiro.

Billy decidiu que iria pedir uma grande porção de café da manhã para que ele pudesse pular o almoço e ter um grande apetite para o churrasco da Fazenda do Junior naquela noite. Ele pediu quatro fatias de bacon, bem crocantes, três ovos fritos e quatro pedaços de torradas com geléia. Ele bebeu café.

Enquanto conversava com Duke Donnell, o dono e cozinheiro chefe, ele olhou ao redor do restaurante. Em uma das mesas, ele percebeu quatro homens em casacos de esporte, tomando café da manhã. Por algum motivo, ele suspeitou desses homens, mas por enquanto eram só suspeitas.

"Duke", disse Billy. "Quem são esses caras?"

Duke olhou de relance para os quatro homens. "Acho que Hester me disse que são vendedores de seguros ou algo assim."

Billy assentiu com a cabeça. "Eu tenho alguns minutos antes que meu pedido fique pronto?"

"Com certeza."

Billy se levantou. "Já volto, Duke. Eu estou pensando em me apresentar. Caminhou até a mesa dos homens. Olá, senhores," disse Billy. "Eu sou o Billy Napier, o xerife do Condado de Sardis. Vocês estão de passagem?"

O homem magro disse, "Sim, nós estamos, xerife. Já estamos aqui há uns dias, procurando um local para abrir uma filial em Perry. Trabalhamos com a empresa Seguros Avalon. Ele ofereceu sua mão, mas Billy fingiu não notar. O homem abaixou a mão. "O que vimos até agora nos faz acreditar que Perry seria uma grande cidade para expandir nossos negócios."

"Perry é boa cidade, e Avalon tem boas taxas, "respondeu Billy. "Nós gostaríamos de ter mais opções."

"Aqui, deixe-me lhe dar um dos nossos cartões, xerife," disse o homem magro. "Avalon faz seguro de empresas e de entidades governamentais também." Ele entregou a Billy um cartão, com o emblema de Avalon. No cartão estava escrito o nome "Jim Simpson" com os números de telefone.

"Obrigado!" disse Billy, dobrando o cartão e colocando no bolso da camisa. "O seguro da minha casa vai expirar em breve, e eu vou chamar você para fazer uma cotação."

O homem chamado Jim disse "ótimo! Aguardaremos ansiosos por sua ligação."

"Billy!" chamou Duke. "Seu café da manhã está pronto!"

"Espero que vocês tenham uma grande estada em Perry," disse Billy, caminhando em direção a seu banquinho no balcão.

"Vamos ter, xerife! Aproveite seu café da manhã!", disse o homem chamado Jim.

Os quatro homens se levantaram e foram até o caixa para pagar a conta. Pagaram, deram para Hester uma gorjeta generosa e deixaram o restaurante.

Billy ficou olhando e se perguntando porque ele tinha ficado tão desconfiado.

"PUTA MERDA, MOSE! EU PENSEI QUE NÓS éramos "carne morta!", disse Tolani.

"Sim, o que tinha naquele cartão, Moses?" perguntou Blasi.

"Os números de telefone da Seguros Avalon, direto para um dos negócios da família Giambini. Sempre que o telefone toca, um dos nossos homens responde fingindo ser da Seguros Avalon," respondeu Turley.

"Então, se o Xerife intrometido ligar...," disse Flore.

"... estamos cobertos como empregados da Seguros Avalon," terminou Turley. "Não tem erro. Pelo menos, não até Mickey ou Rizzo disser que Jim Simpson não existe mais. Mas, temos ainda alguns dias antes que isso aconteça. Então, nós estaremos na América do Sul." Ele olhou ao redor para a praça. "Vamos voltar para o motel. Vamos ficar escondidos até de noite."

"MENINAS, EU TENHO QUE DIZER ISTO: vocês estão *absolutamente
lindas*!" disse a garota que fazia a maquiagem no salão.

Katie e Phoebe se olharam em um dos espelhos do salão. *Nós realmente
estamos lindas*! pensou Katie. Para Phoebe, ela disse, "você está fantástica,
Phoebe! Billy não vai saber o que o atingiu!"

Phoebe sorriu timidamente. "Você realmente acha?"

A garota do salão as interrompeu. "Querida, se ele não notar, ele não gosta
de mulheres!"

As três mulheres riram e riram, enquanto Katie pagava as despesas do salão.

Quando elas saíram, Katie disse, "Vamos comer uma almoço leve e depois
vamos fazer compras!"

"Vamos nessa!" respondeu a Phoebe.

NAQUELA TARDE, ALAN ESTAVA DO lado de fora da casa com Mary e
Carol Grace. Eles estavam jogando bola: "jogo de queimada". Pitoco corria em
volta dos três, latindo e pulando.

Katie e Phoebe assistiram os três jogando, enquanto as mulheres
estacionavam o caminhão.

"Alan pediu-me para casar com ele, Phoebe," disse Katie, sorrindo.

"Sério?" disse Phoebe, com emoção. "Você disse 'Sim', certo?"

Katie balançou a cabeça. "Claro". Katie mostrou seu anel de noivado a
Phoebe.

"Oooo, que ótimo!" disse Phoebe. "O que Carol Grace pensa sobre isso?"

"Ela é feliz como pode ser com ele," respondeu Katie.

As duas mulheres assistiram o homem jogando bola com as duas
adolescentes.

"Ele é certamente bom com elas," comentou Phoebe.

"Eu sei. É quase tão bom como ter Mark de volta."

"Oh, meu Deus! Olha a Mary! Ela está se divertindo mais do que nunca!" Phoebe falou.

"Katie, estou tão feliz por que somos amigas. Nunca vou poder lhe pagar o dia de hoje, mas você sempre terá uma amiga com quem contar, enquanto eu estiver por perto."

"Não é necessário me pagar, Phoebe. Você não deve pensar dessa maneira. porque se eu posso colocar um pouco de felicidade na sua vida, vale cada centavo." Katie tirou as chaves da ignição. "Vamos lá, vamos marcar o Alan!"

As mulheres saíram do caminhão. Mary viu a mãe dela e gritou com alegria.

Ela correu para abraçar Phoebe, Alan atirou a bola suavemente na nuca de Mary.

Ela bateu na menina e ricocheteou o que fez Mary rir sem parar.

"Vai ter troco, Alan!" Mary conseguiu dizer entre risos. Ela abraçou a mãe dela firmemente. "Oh, mamãe, eu estou tendo o melhor dia da minha vida!"

"Isso é ótimo, querida!" respondeu a Phoebe.

"Oi, Phoebe," falou Alan. Ele acenou e, em seguida, começou a fazer barulhos como uma galinha para Mary.

Mary gritou, *Ohhh!* Ela então pegou a bola e jogou em Alan, que evitou o brinquedo deixando-o passar por ele. Carol Grace e a Mary foram atrás, com Pitoco correndo ao lado delas, enquanto Alan se aproximava de Katie.

Ele a beijou profundamente. "Oi. Eu estava com saudade do seu rosto."

Katie olhou para os olhos dele e sorriu. "Senti saudades, também."

Alan virou-se para dizer algo para Phoebe, quando a bola bateu na cabeça dele. Com os olhos arregalados, ele se virou para as duas adolescentes rindo e estalou os dedos com movimentos circulares. As duas meninas também estalaram seus dedos em movimentos circulares.

"Uh-huh!" disse Carol Grace.

Alan acenou a cabeça, pressionando seus lábios juntos.

Ele caminhou até o caminhão e disse, "Eu mandei uma mensagem há pouco, para as suas mães e pedi para elas pegarem uma coisa para mim." Ele abriu a porta do caminhão e se inclinou para dentro, Ele apontou para a bola e disse, "Katie, você me daria, por favor?" Katie entregou a bola. Alan começou a farfalhar no banco de trás do caminhão. "Veja, eu sabia que ia acabar assim, então eu tinha que ter mais munição". Ele saiu do caminhão com uma segunda bola na mão. Agora, eu tenho uma bola para jogar em cada uma de vocês. Você sabe o que dizem sobre vingança!"

"Phoebe, parece que é guerra! Melhor nos escondermos enquanto podemos! Venha, vou te levar para conhecer a fazenda."

"Elas pegaram seus sacos de compras, enquanto Alan atirava uma bola em cada garota, começando a se exibir como se fosse alguém especial. As mulheres entraram pela porta da cozinha enquanto as duas meninas estavam empurrando Alan para o chão com as duas bolas. Todos os três estavam rindo, e o cachorro estava lambendo a cara de Alan.

Dentro da casa, Katie estava falando sobre a fazenda com Phoebe.

"Por favor, ignore os pratos que Alan e as crianças gentilmente deixaram para mim na pia,", disse Katie. "Esta é a cozinha."

Phoebe estava olhando ao redor. Uau! Nunca estive aqui, Katie. Esta cozinha é linda!"

"Funciona para nós. Vamos, deixe-me mostrar o resto da casa."

"SEGUROS AVALON, BERT falando. Como posso ajudá-lo?", disse a voz do outro lado do telefone.

Billy, sentado atrás da mesa de escritório do xerife, disse, "Oi. Eu tenho um homem na porta que diz que o nome dele é Jim Simpson, e que ele é um dos seus corretores. Você pode confirmar isto?"

"Claro que eu posso", disse 'Bert'. "Jim é um dos nossos melhores corretores. Algum problema, senhor?"

"Oh, não, nenhum problema. Só estava me certificando antes de deixá-lo entrar. Obrigado pelo seu tempo. "Billy desligou seu telefone de mesa.

Bem, acho que o homem falou a verdade. Não posso prender um vendedor de seguros, mesmo que eu queira.

Billy saiu do escritório. Ele tinha que ir para casa, alimentar os cães, dar-lhes água fresca, e se arrumar para ir para a Fazenda do Junior.

LEO LESKO DESLIGOU o telefone e pensou se devia ligar para Mickey Giambini, ou, no mínimo, ligar para Rizzo e dizer-lhes sobre o telefonema.

No identificador de chamadas do telefone do Seguros Avalon estava marcado "Escritório do Xerife do Condado de Sardis".

O nome que foi dado era o nome de código usado por Moses Turley.

Ele decidiu ligar para Rizzo.

"Não se preocupe, Leo," disse Rizzo. "Moses está a caminho de Nova Orleans, seguindo Blake. Ele é apenas um xerife checando sobre ele."

"Ok, Rizzo. Só queria te informar sobre a ligação."

"Ainda bem que você fez isso, Leo. Bom trabalho. Mas esqueça isso. Não tem nenhum problema."

Os dois homens desligaram.

A CAMPAINHA COMEÇOU a tocar. Katie e Phoebe, ambas vestidas com as roupas que elas tinham comprado naquela tarde, desceram as escadas, e Katie abriu a porta.

Margo Sardis estava na varanda.

"Tia Margo! Entre!" disse Katie.

"Tenha certeza de que eu vou," respondeu Margo, "Você está muito bonita, Katie!"

"Obrigada, tia Margo! Você também está muito bonita!"

Margo estava vestida com uma blusa amarela brilhante e uma saia azul escuro que ia até o tornozelo. Estava com tênis com fechos de velcro que cobriam seus pés, mas isso era perfeito para a idade dela. Seu cabelo grisalho estava preso em um coque.

Phoebe estava sorrindo timidamente quando Katie percebeu que ela não tinha apresentado as duas.

"Sinto muito, tia Margo," disse Katie. "Esqueci de te apresentar..."

"...Phoebe Smalls," interrompeu Margo. Ela estendeu a mão para Phoebe. "Ela é uma das caixas no Mercado Mackie, certo?"

"É isso mesmo, Sra Sardis," disse Phoebe. "A senhora está muito bonita esta noite!" Ela pegou a mão de Margo e sentiu algo acontecendo dentro dela. Seus olhos se arregalaram, e ela olhou diretamente para Margo. "Sim, senhora, claro. Eu sempre tenho."

"Acontece o mesmo com ele, criança. Ele vai voltar não se preocupe," disse Margo. "Você precisa saber que alguém está cuidando de você, Phoebe. Você vai ficar bem."

"Hum... perdi alguma coisa?" perguntou Katie.

Phoebe parecia confusa. "Você não ouviu a Sra Sardis me perguntar se eu ainda amo o Billy?"

Katie lentamente abanou a cabeça, e respondeu "Nãooo....Eu só ouvi a sua resposta, Phoebe."

"Oh", disse Phoebe quase num murmúrio. Ela colocou a mão na boca.

"Oh, agora, vocês duas parem com isso! Grande coisa! E vocês verão muito mais esta noite, então calem-se! " disse Margo. "Agora, onde é a cozinha? Vamos começar a cozinhar!

CAROL GRACE, SERÁ QUE você e Mary podem trazer o carvão e o álcool para a gente dar a partida?" perguntou Alan. "Eu vou trazer o grill."

As garotas fizeram o que Alan pediu enquanto ele levantava a grelha no pátio do lado de fora das janelas da cozinha.

"Carol Grace, esqueci o isqueiro. Pergunta para a sua mãe onde está?"

"Já voltamos!" ela disse, correndo em direção a porta dos fundos.

Quando as meninas voltaram, Alan derramou o carvão na grelha, pegou o isqueiro e o fogo começou.

"Tudo bem, mais uma coisa para vocês duas fazerem e depois vocês podem fazer o que quiser," disse Alan.

"Claro! O que você quer que façamos?" perguntouCarol Grace.

"Vocês duas vão buscar as quatro cadeiras plásticas e trazê-las para cá? E trazer mais algumas cadeiras do jardim, também. Contando vocês duas, vamos ter sete pessoas."

As meninas trouxeram as cadeiras, ajudaram Alan a arrumá-las, e rapidamente se sentaram. Pitoco sentou-se entre elas, ofegante e feliz.

Levantando as sobrancelhas, Alan perguntou: "Vocês não têm mais nada para fazer?"

Carol Grace com a testa enrugada olhou para Alan. "Nós não perderíamos isso por nada!"

Sorrindo e balançando a cabeça, Alan sentou-se em uma das cadeiras, então o caminhão pessoal de Billy apareceu na estrada. Pitoco latiu uma vez, depois, reconhecendo o caminhão, sentou-se.

Billy estacionou o caminhão e deu um pulo. Ele tinha seis packs de cerveja Guiness e dois pacotes com doze garrafas de soda. "Ei!" chamou Billy. "Me dá uma ajudinha aqui?"

"Vamos lá, meninas!" disse Alan. Eles foram até o caminhão de Billy.

"Oi, xerife," disse Carol Grace.

"Olá, Carol Grace," disse Billy. Ele se virou e viu Mary."Olá, minha senhora. Eu te conheço?"

Mary sorriu e acenou com a cabeça. "Não, senhor, nós nunca nos conhecemos. Eu sou Mary."

"Bem, prazer em conhecê-la, Mary. Aqui, cada uma de vocês pode pegar um pacote com doze garrafas de soda e uma caixa de cerveja."

"Levem tudo para casa, meninas e coloquem na geladeira, por favor," disse Alan.

Pitoco correu até Billy e começou a pular. "Bem, olá para você também, pequeno!" Billy passou sua mão sobre a cabeça do cachorro. "É bom te ver, também."

Os homens começaram a andar em direção a grelha.

"Carol Grace colocou o nome do cachorro de Pitoco " disse Alan.

A porta de tela bateu, e as duas adolescentes se aproximaram e sentaram em suas cadeiras, enquanto os homens batiam papo.

De repente, Billy olhou para Mary. "Tem certeza de que eu nunca te conheci, Mary?"

Sorrindo, Mary assentiu com a cabeça. "Com certeza, xerife."

"Conheço os teus pais?" perguntou o xerife.

Alan e Carol Grace compartilharam um olhar e um sorriso.

"Eu acho que você conhece minha mãe," disse Mary, ainda sorrindo.

"É mesmo? Qual é o nome dela?" perguntou Billy.

Mary disse, "Bem, xerife, aqui está ela. Ela vai ficar feliz em dizer."

Billy virou. Phoebe estava descendo as escadas. Ela estava vestida com shorts brancos com um comprimento bem conservador – três polegadas acima do joelho – e uma camiseta azul escura. O cabelo dela estava muito bem cortado, cheio de estilo, e a maquiagem não era perceptível. Ela usava sandálias simples, e sorria um sorriso tímido. Katie desceu as escadas atrás dela. Ela olhou para Alan e piscou.

A boca de Billy estava aberta, e os olhos estavam arregalados. Ele sempre achou que Phoebe era linda, mas hoje ela estava simplesmente parecendo ser a mulher perfeita.

Carol Grace e Mary tinham um amplo sorriso ameaçando explodir em risos a qualquer momento.

"Oi, Billy," disse Phoebe.

"Pho...Pho...Phoebe?" balbuciou Billy.

Phoebe olhou para Alan. "Pode uma senhora se sentar, senhor?"

Billy mudou-se rapidamente e apontou para a cadeira que ele tinha ocupando. "Por favor, Phoebe, sente-se aqui."

Phoebe mudou-se para sentar na cadeira, e Billy a segurou firme para ela. Após Phoebe, se sentar, Billy mudou-se para outra cadeira mais perto dela e sentou, ainda encarando Phoebe com os olhos arregalados.

Alan olhou em direção a cozinha. "Onde está tia Margo?"

"Ela disse que estaria aqui em um minuto," respondeu Katie. "Eu acho que ela estava indo para o banheiro. Está tudo pronto lá dentro. Temos batata frita, salada de repolho e feijão cozido. Para os hambúrgueres, nós fatiamos tomate e rasgamos algumas folhas de alface. Também tem rodelas de cebolas para as pessoas que não querem receber um beijo de boa noite."

"Uau, isso é duro!" disse Alan. "Não acha, Billy?"

Billy ainda estava encarando Phoebe, que estava sorrindo. Após alguns segundos, Billy disse, "Hein?"

"Eu disse que o caminhão está em chamas," disse Alan.

"Oh, isso é ótimo, Alan," respondeu o Billy.

Todo mundo riu.

"Katie, os hambúrgueres estão na geladeira?" perguntou Alan.

Katie balançou a cabeça.

"Parece que o fogo está pronto. Bill, você quer vir me ajudar com a carne?" disse Alan.

"Claro." Billy se levantou e olhou para Phoebe. "Você me dá licença?"

Phoebe assentiu com a cabeça.

Os homens foram para a cozinha, enquanto as senhoras se sentaram uma perto da outra.

Dentro de casa, Alan disse "Uau. Phoebe está realmente bonita, você não acha?"

Billy assentiu com a cabeça. "Sim, ela está. Por que você não me disse que ela estaria aqui?"

"Foi idéia da Katie, Billy, mas você teria vindo se soubesse?"

"Provavelmente não."

"Aí está sua resposta, então." Alan pegou uma bandeja de hambúrgueres e outro prato com cachorro-quente. Ele entregou os cachorros-quentes para Billy. "Sabe, eu acho que Phoebe ainda gosta de você."

"Phoebe ainda o ama. Ela nunca deixou de te amar."

Os dois homens giraram. Margo tinha acabado de chegar à cozinha.

"E eu vou te dizer uma coisa, William Napier: Phoebe Smalls é capaz de mover céus e terra por você e você está muito cego para ver isso!" Margo começou a ir para a porta dos fundos. "Como um homem pode ser tão orgulhoso para perdoar. Se você soubesse o que é bom para você, você faria uma cerimônia dupla de casamento! "Quando ela terminou o último comentário, Margo bateu a porta atrás dela.

Os dois homens ficaram sem palavras, olhando um para o outro após a saída de Margo.

"Ok...", disse Billy.

Alan sorriu. "Eu acredito no que ela falou, Bill."

"Bem, Phoebe vai ter que mudar...," começou Billy.

Alan levantou a mão. "Para. A Phoebe foi estuprada. Duas vezes. E ela ainda teve a má sorte de ficar grávida nas duas vezes, mas optou por ter essas crianças. Então, antes que dela ficar sóbria, ela morou com um cara que a tratava mal, a mantinha bêbada e drogada e ainda deu mais dois filhos para ela. Ela teve a sorte deste cara ter morrido. Ela passou por uma reabilitação, ela está limpa e sóbria e tem mostrado ao mundo a força que ela tem dentro dela. Ela é sempre bem-vinda em nossa casa. Tendo isso em mente, o que, exatamente, ela teria que mudar, Billy?"

Billy ficou em silêncio.

Alan bateu no ombro do amigo. "Ela ainda te ama, cara. Ela sempre te amou. Ela merece um homem com quem ela possa compartilhar essa força e esse amor, um homem para ajudá-la a manter a sua força e retornar esse amor, e isso é tudo que estou dizendo sobre o assunto. Se você deixá-la ir desta vez, você não vai ter ninguém para culpar além de você mesmo. Agora, vamos lá, vamos cozinhar!"

Billy seguiu seu amigo para fora, pensando profundamente nas palavras de Alan.

Billy procurou por seus sentimentos. Ele muitas vezes se perguntou por que ele nunca tinha casado.

Ele percebeu que Alan tinha razão.

Ele ainda amava Phoebe e a tinha amado durante todos esses anos.

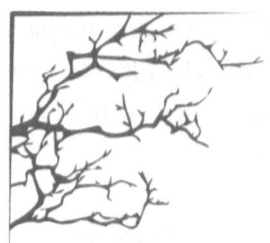

Capítulo 14

Quando o jantar acabou, Katie sugeriu que todos fossem para a sala de estar.

Quando todos se levantaram da mesa, Margo disse, "Carol Grace, por que não você e Mary não vão lá para fora para brincar até que escureça? Dessa forma, vocês não terão que aturar nós, adultos velhos por muito tempo. Talvez vocês possam pegar alguns vaga-lumes."

"Podemos ir, mamãe?" perguntou Carol Grace.

"Se estiver ok para Phoebe, está bem para mim. Inclusive tenho um frasco para vocês colocarem os vaga-lumes, se vocês forem soltá-los antes de voltarem para casa" respondeu Katie.

"Está tudo bem comigo," disse Phoebe.

Katie pegou um frasco para as meninas, e elas foram brincar.

FLORE ESTACIONOU O CARRO BEM ANTES DA entrada principal da fazenda. Eles tiveram que cruzar o campo, uma pequena pista de terra que não era visível da casa.

"Ok, rapazes, vamos cruzar este campo e chegar ao barracão do trator," disse Turley.

Os quatro homens saíram do carro e lentamente e com cuidado caminharam através do campo. Moses Turley não queria encontrar outra cascavel.

Finalmente, eles chegaram em segurança ao galpão.

"Continuem quietos no túnel e no porão. Vamos pegar nossas armas que estão no esconderijo e subir pela porta da adega. Nem um som, entende?" Turley olhou para Tolani quando disse a última frase.

"Não se preocupe, Mose, isto não é o nosso primeiro passeio de carrossel," disse Tolani. "Vamos tirar quem estiver em casa e sair pela porta da frente. Como se fossemos dono do lugar.

Turley assentiu com a cabeça e abriu a escotilha que estava por trás do trator. Um por um, os homens foram descendo a escada dentro do túnel que levava para a casa.

"POSSO DIZER ALGO?" DISSE BILLY, uma vez que todos estavam na sala.

Margo tinha sentado numa confortável cadeira de balanço. Katie e Alan sentaram-se perto um do outro no sofá, e Phoebe tinha sentado em um lado do "assento do amor". Billy teve que escolher de se sentar em uma das duas poltronas macias da sala, ou numa cadeira de balanço de madeira dura ou do outro lado do "assento do amor".

Ele tinha trazido um refrigerante para Phoebe, e, quando ele lhe entregou, acidentalmente tocou na mão dela. Esse toque simples tinha provocado emoções profundamente escondidas dentro dele, e ele sentiu como se tivesse que fazer algo sobre isso.

"É claro que você pode Bill," disse Katie.

Billy olhou para o chão e, em seguida, olhou para Phoebe. Ele estava nervoso e mostrou esse nervosismo, mas ele também estava determinado, o que mostrou também.

"A primeira coisa que eu gostaria de dizer é que eu sou um tolo," disse Billy. "E eu tenho sido um idiota desde o dia seguinte a nossa formatura." Ele olhou para suas mãos e, em seguida, olhou para os olhos de Phoebe. "Se eu tivesse sido um homem naquele dia, eu teria ficado do seu lado e teria apoiado a sua decisão, Phoebe. Em vez disso, deixei meu orgulho tolo assumir. Isso me fez ignorar o que eu sentia por você, e também deixei a raiva pelo cara que te estuprou se canalizar para você. Possivelmente não posso compensar você por esses anos que eu deixei meu orgulho e minha raiva me manter de pé a seu lado. Mas eu gostaria de tentar." Ele se ajoelhou ao lado dela e pegou a mão dela. "Phoebe, se você me quiser, eu gostaria de passar o resto da minha vida tentando. Eu vou ser um bom marido, e um pai tão bom quanto possível para aquelas crianças." Ele beijou a palma da mão de Phoebe. "Por favor diga que vai me deixar tentar."

Phoebe, com lágrimas no olhos, abriu a boca para responder-lhe, quando foi interrompida.

"Não é uma doçura, Mose? Ele a pediu em casamento."

Todo mundo se virou e viu Moses Turley e seus homens espalhados, segurando armas apontadas diretamente para eles.

"Sim, é uma pena, pois ele nunca vai ouvir a resposta," disse Turley. Ele virou a cabeça para Alan. "O seu tempo acabou, Blake." Turley mirou e apertou o gatilho.

AS MENINAS ESTAVAM INDO em direção a floresta. Elas podiam ver que muitos vaga-lumes estavam

pairando sobre a parte traseira do pátio ao lado da floresta, então elas caminharam nessa direção.

Enquanto elas se aproximavam a enorme árvore perto do galpão do trator, Carol Grace pegou um movimento com o canto do olho. Girando a cabeça ela viu os homens, agarrou o pulso de Mary para detê-la. Carol Grace colocou o dedo nos lábios para que ela ficasse calada e puxou Mary para perto da árvore.

"O que é, Carol Grace?" sussurrou Mary.

"Tem alguns homens no campo, vindo para cá," Carol Grace sussurrou de volta.

As meninas espiaram em volta e viram os homens atrás do trator. Depois eles desapareceram.

"Eles desceram para o túnel!", disse Carol Grace indignada. "Como eles sabem sobre o túnel?"

"Que túnel, Carol Grace?" perguntou Mary.

Carol Grace explicou rapidamente sobre o túnel. "Vamos lá, Mary, temos que segui-los!"

"OK!"

As meninas correram para o galpão. Carol Grace encontrou o puxador e calmamente levantou a escotilha.

"Uau" sussurrou Mary.

Carol Grace colocou o dedo nos lábios de Mary novamente, e então começou a descer a escada. Mary seguiu e fechou a escotilha atrás dela.

As luzes do túnel estavam acesas, uma iluminação fraca. As meninas se arrastaram ao longo do túnel em silêncio. Quando elas vieram para a porta do porão, Carol Grace disse, "eles devem estar atrás do Alan. Temos que ajudar."

Mary assentiu com a cabeça. "Conta comigo, Carol Grace".

As meninas olharam nos olhos uma da outra e, em seguida, Carol Grace assentiu com a cabeça. Ela estendeu a mão e apertou o botão que abriu a porta.

Ela se abriu para um porão vazio.

Elas subiram os degraus lentamente e calmamente abriram a porta do porão.

Elas estavam atrás dos homens e podiam ouvir cada palavra do que estava sendo dito.

As garotas agora estavam segurando as mãos, e um fulgor fraco azul foi se encaminhando em torno delas.

Turley disse, "Seu tempo acabou, Blake". As meninas viram Turley apontar e puxar o gatilho.

A arma disparou.

Simultaneamente, as duas meninas gritaram "NÃOOO!"

ALAN BLAKE APERTOU OS olhos e, em seguida, os abriu espantado.

Um pequeno pedaço de metal com uma extremidade arredondada estava pendurado no ar a um centímetro da ponta de seu nariz. Uma luz azul estava em volta da bala olhando para ele como se um punho estivesse segurando a bala.

Ele olhou para Turley e viu as meninas. Todo mundo estava olhando para as meninas agora.

Carol Grace ficou rigidamente ereta, com o braço direito apontando para cima, e a palma da mão voltada para fora. A mão segurava a mão direita de Mary. Mary era uma imagem espelhada de Carol Grace – Mary estava parada de forma idêntica a Carol Grace, com o braço esquerdo apontando para cima e a palma da mão voltada para fora. As meninas foram cercadas por uma bolha pulsante, azul. Seus rostos estavam brancos, parecendo quase um sonho.

Olhando ao redor, Alan viu que Katie, Phoebe, Billy e até Margo estavam surpresos com o que estava acontecendo.

Aparentemente, até mesmo as bruxas não estavam esperando por isso.

A bala na frente de seu rosto virou-se lentamente assim que as duas meninas apontaram para ela com o dedo indicador. Aí ela se dirigiu na direção de Turley, o atingindo do lado direito. Turley resmungou com esforço.

Para seu crédito, Tolani foi o primeiro dos capangas de Turley a voltar aos seus sentidos. Quando ele ouviu o grunhido de Turley, ele pegou sua arma e se voltou para as meninas. Blasi e Flore viram isto e levantaram suas armas também. Os três puxaram seus gatilhos. E todos continuaram atirando até as armas estarem vazias.

As garotas ainda estavam em segurança. Cada bala tinha sido parada no ar pela bolha azul e agora caiam no chão como um chocalho.

Faíscas azuis vieram da bolha e envolveram cada homem em um aperto forte. Então, os quatro homens foram levantados do chão.

As meninas de repente empurraram suas mãos livres para fora. Cada homem foi atirado com força através das janelas da sala de estar, cada um caindo desajeitadamente no gramado.

Billy, Phoebe, Katie e Alan esconderam suas cabeças para evitar qualquer vidro quebrado, mas não havia nada para se preocupar. As faíscas azuis nos dedos das meninas, que tinham parado a bala na frente de Alan se espalharam em um escudo fino que pairava sobre os adultos.

Eles se voltaram para as meninas. Ainda em seu estado onírico, ainda com as mãos viradas, e, ainda, se espelhando uma na outra, mexendo os dedos em um gesto de convocação.

Oh, meu Deus! Pensou Alan. *Quem elas estão chamando?*

LÁ FORA, NO LADO OESTE DA CASA, Flore e Blasi ouviram um barulho, um ronco alto, seguido pelo uivo mais estranho que já tinham ouvido em suas vidas. Eles se levantaram arrepiados, e Blasi involuntariamente se mijou.

Na escuridão recém estabelecida, sob a luz da meia-lua, algo com olhos verdes brilhantes estava se arrastando ao longo do campo, vindo em direção a eles.

Os homens não podiam se mover.

A criatura que se aproximou deles tinha um pescoço longo, quase serpentino. Seus olhos olhavam para frente, e seu focinho era quase tremoço, com orelhas de lobo e a boca cheia de dentes de agulha. Com muitos dentes, a boca da criatura não fechava e ele babava constantemente, mas a Baba não batia no chão – desaparecia antes de cair. Tinha uma cauda de leão, longa e fina, e em suas costas crescia duas asas de morcego tão grandes que podia dobrar contra seu corpo. Sua pele parecia ser áspera, muito parecida com a pele de um rinoceronte. Era grande, aproximadamente do tamanho de um grande tigre, mas muito mais volumoso.

Quando ficou a poucos metros dos homens, a criatura os agrupou e saltou para cima dos homens.

Selvagemente Fiore e Biase desapareceram na boca da criatura.

TOLANI TINHA FICADO levemente inconsciente. Gradualmente ele começou a ouvir o som de um animal que ele nunca tinha ouvido. Quando abriu os olhos, ele tentou gritar, mas nenhum som saiu.

Duas criaturas, uma de cada lado dele, estavam de cócoras. Eles tinham longas pernas finas, e seus joelhos estavam quase perto de suas testas. Seus braços eram tão longos e finos que pareciam ter sido anexados ao corpo em forma de barril. Asas de morcegos enormes cresciam a partir de seus ombros. Eles tinham narizes longos, comprimidos em narinas alongadas e os olhos eram brilhantes, muito brilhantes, e vermelhos. Sorriam constantemente e seus sorrisos revelavam fileiras de dentes longos e pontiagudos. Seus movimentos eram como de um pássaro.

Tolani pensou que estava sonhando até que uma das criaturas bateu no seu quadril e em seu pescoço e cortou a sua jugular. Ele encontrou sua voz outra vez rapidamente e, rapidamente, ele foi silenciado enquanto era comido.

MOSES TURLEY TINHA SIDO JOGADO AINDA mais distante do que os outros, quando ele "voou" da casa. Caiu no meio do caminho para o quintal, perto das árvores que ladeavam o caminho para a fazenda. Ele não tinha sido jogado contra as árvores, e ficou agradecido, mas a dor no lado onde a bala tinha entrado doía muito.

Turley lentamente sentou-se, e em seguida, levantou-se. Ele ouviu Tolani dar um grito e depois ele ouviu esse grito ser abruptamente cortado. Ele decidiu que tinha um barco para pegar para ir para a América do Sul, então ele começou a andar, tropeçando, em direção à estrada, com a intenção de entrar no seu carro e ir embora.

Quando Turley alcançou a estrada, ele olhou do outro lado das árvores que ele e seus homens tinham se escondido quando eles pela primeira vez observaram a propriedade. Algo estava errado, mas ele não conseguia saber o que.

Turley se aproximou das árvores, olhando para tentar descobrir o que estava se escondendo entre elas.

Então ele viu.

Um par de coisas brilhantes verdes que estavam a cerca de quatro metros acima dele. Ele olhou atentamente para elas na escuridão.

Uma sombra mais clara separou-se das árvores e se adiantou. Na luz ofuscante de meia-lua, a sombra se uniu formando uma criatura. Tinha aproximadamente cinco metros de altura, e tinha chifres. Seus braços eram grandes em e garras afiadas e pontiagudas se estendia nas pontas de seus dedos. Suas orelhas eram pontiagudas, tinha uma barba.

Quando ele sorria, seus dentes eram muitos e parecia uma agulha afiada. Seus olhos brilhavam como fogo verde.

Turley ficou congelado quando a criatura chegou perto dele. Quando começou a apertá-lo, Turley começou a gritar. Ele gritou até que a enorme criatura bateu na cabeça dele e silenciou Turley para sempre.

NO CAMPO, O CHÃO DEBAIXO DO CARRO DO Turley se tornou
inatingível, e uma névoa verde começou a aparecer embaixo do carro. O carro
afundou lentamente no místico buraco debaixo dele, e o terreno fechou por
cima do carro, que nunca mais foi visto.

DENTRO DA CASA, AS MENINAS AINDA ESTAVAM embrulhadas em
sua bolha protetora. Como vozes vindas de um sonho, elas disseram em
uníssono, "Está feito. Os cidadãos do inferno eliminaram os inimigos. Os Sardis
irão agora realizar o feitiço de proteção, o que vai restaurar a casa."

Margo e Katie levantaram-se para fazer o que foi solicitado, e em poucos
minutos, as bolas azuis do poder tinham se espalhado a partir delas e abraçavam
a Fazenda do Junior.

As meninas fecharam os punhos e os colocaram sobre seus peitos. Cada
janela que tinha sido quebrada pelos homens de Turley foram puxadas para trás
em seus espaços e remontadas como se nunca tivessem sido quebradas.

Em seguida, a bolha azul desapareceu. Mary Smalls e Carol Grace
Montgomery caíram desmaiadas no chão.

Elas estavam dormindo.

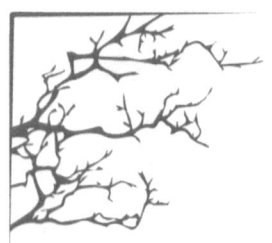

Capítulo 15

Domingo de manhã, as duas adolescentes acordaram com total memória do que tinha acontecido na noite anterior. Elas saltaram da cama da Carol Grace, rapidamente, escovaram os dentes e desceram para a cozinha.

Margo Sardis tinha feito o café da manhã e esperava por elas.

"Oi, tia Margo," disse Carol Grace.

"Bom dia", meninas, respondeu Margo. Por favor, será que uma de vocês pode me passar essa cesta? "Os biscoitos estão prontos."

Carol Grace entregou a velha o cesto e sentou-se à mesa. Mary se juntou a ela.

"Tia Margo, onde está a mamãe? E Phoebe?" perguntou Carol Grace.

"Todos foram para a cidade. O xerife foi tentar achar alguém do tribunal para emitir algumas licenças de casamento. Então, o xerife vai também encontrar um juiz disposto, ou vai prender um padre com tempo suficiente para vir aqui na fazenda e realizar dois casamentos."

"Dois casamentos?" perguntou Mary.

"Sim. Parece que o xerife finalmente descobriu que ama sua mãe mais do que ele ama seu próprio orgulho."

A cozinha ficou silenciosa enquanto Margo terminava de cozinhar o café da manhã.

"Acho que nós vamos ajudar também. Quando seus pais chegarem em casa, eles podem estar com fome," disse Margo. "Então eu acho que nós vamos ter que deixar um pouco para eles, não é, meninas?"

As duas meninas concordaram. Cada uma deu uma mordida no ovo com a mão direita, e num pedaço de bacon com a esquerda. Elas se espelhavam uma na outra novamente, e elas nem percebiam.

Margo notou.

"Então, meninas," disse Margo conversando. "O que foi que aconteceu ontem à noite?"

"Nós não sabemos", disse Mary.

"Esta semana percebemos que nós podíamos fazer algumas coisas," acrescentou Carol Grace.

"Mas, parece que é mais forte, quando estamos juntas," disse Mary.

"Deixe-me te dizer uma coisa, Carol Grace," disse Margo e contou sobre o poder das bruxas da família Sardis. "Mas, eu nunca soube que uma de nós seria capaz de controlar as criaturas do inferno." Ela se virou para Mary. "O que me faz pensar uma coisa, Mary. Quem, exatamente, é seu pai, criança? E por que seus poderes crescem e ficam mais fortes quando vocês estão juntas? Vocês formam um par perfeito, de alguma forma, e vocês se espelham uma na outra." Ela balançou a cabeça. "Realmente vou ter que cavar para tentar descobrir o porque. E eu tenho que ensinar a vocês a controlar melhor esse poder."

Elas ouviram som de portas de carro batendo.

Margo se levantou e caminhou para a janela. "Parece que o xerife Billy encontrou o que precisava. Eles trouxeram o Juiz Lucas com eles."

Ela virou-se para as meninas e acenou em direção à porta. "Bem, vamos lá! Temos dois casamentos para cuidar! Vamos nos preocupar com os poderes uma outra hora, meninas!"

As três saíram para oferecer ajuda.

SOBRE O AUTOR: T. M. Bilderback é um ex-locutor de rádio com uma enorme quantidade de ideias para histórias correndo no interior da cabeça, maioritariamente baseadas ou inspiradas em canções clássicas. Correntemente a residir no Tennessee, escreve de forma febril, numa tentativa de expulsar para o papel em forma de livro tudo guarda no cérebro e, conseguir dessa forma, evitar que a gigantesca quantidade de ideias o façam ir gritar para o meio da rua.

Outras obras de T. M. Bilderback
Nicholas Turner

I*f You Could Read My Mind*

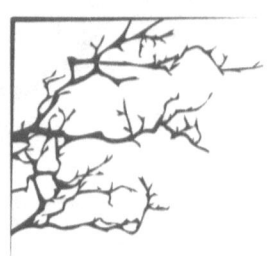

Justice Security

Mama Told Me Not To Come
Someone Saved My Life Tonight
Jackie Blue
Wake Me Up Before You Go-Go
Saturday In The Park
MacArthur Park
The Little Drummer Boy
The Night Chicago Died
Jim Dandy
Cow Patty
Hell's Bells

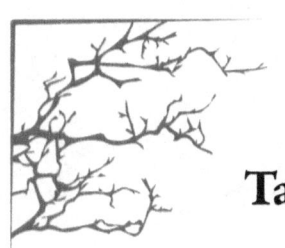

Tales Of Sardis County

D on't Come Around Here No More
      Junior's Farm
The Devil's In The Details
I'm Your Boogie Man

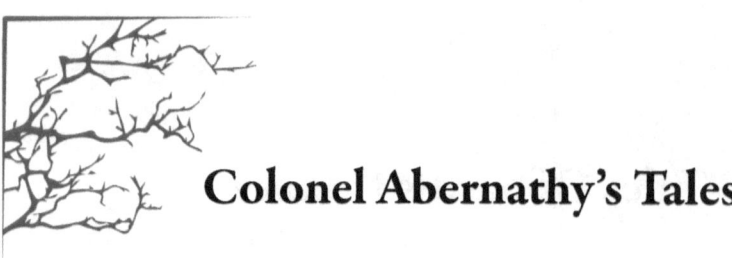

Colonel Abernathy's Tales

T*he Lion Sleeps Tonight*
Heart Of Glass

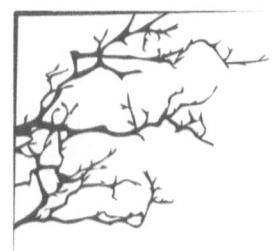

Other Stories

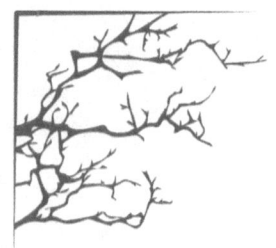

Other Novels

E *mpty Eyes*

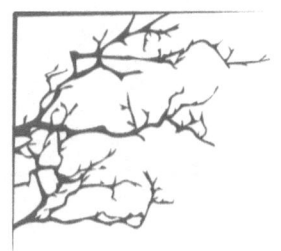

Story Collections

Greatest Hits